世界名作
ショートストーリー

サキ　森の少年

千葉茂樹［訳］

理論社

森の少年　5
夕《ゆう》暮《ぐ》れ　21
話《はなし》上《じょう》手《ず》　33
スレドニ・バシュター　47
物《もの》置《おき》部屋　61
牡《お》牛《うし》　75
クモの巣《す》　85

メスオオカミ …… 99
開《ひら》いた窓《まど》 …… 115
トバモリー …… 125
アン夫《ふ》人《じん》の沈《ちん》黙《もく》 …… 145
ネズミ …… 153
グロビー・リントンの変身 …… 163
罪《つみ》ほろぼし …… 181
訳者あとがき（千葉茂樹） …… 195

森の少年

「きみんとこの森には、なにかばけものみたいなものがいるな」絵描《えか》きのカニンガムが、駅にむかう馬車のなかでいった。馬車のなかでカニンガムが話したのはそれっきりだった。カニンガムを駅まで送るバンチールは、ひとりでずっと話しつづけていたので、カニンガムがほかになにも話さないことには気づかなかった。

「まぎれこんだキツネか、住みついてるイタチだろ。危《あぶ》ないようなものじゃないさ」バンチールはそういったが、絵描《えか》きは返事をしなかった。

「さっきのばけものがどうのって、いったいなんだったんだい？」バンチールは、駅のホームで急に思い出したようにたずねた。

「いや、なんでもないんだ。ただの空想さ。さあ、汽車がきたようだな」カニンガムがいった。

その日の午後、バンチールはいつものように、自分が所有している森へ散歩《さんぽ》にでかけた。バンチールの書斎《しょさい》にはサンカノゴイという鳥の剝製《はくせい》があるし、野生の花の名前もたくさん知っている。バンチールのことを伯母《おば》が「偉大《いだい》な博物《はくぶつ》学者《がくしゃ》」とよぶのも、そんなに的外《まとはず》れとはいえなかった。

いずれにしても、バンチールは散歩《さんぽ》が大好《だいす》きだ。散歩中《さんぽちゅう》に目にしたものは、なんでも心にとめるようにしているけれど、科学の発展《はってん》に役立てようなどとはちっとも思っていない。せいぜい、あとで会話のネタにするぐらいのものだ。たとえば、ヒヤシンスが花を咲《さ》かせはじめれば、みんなにそれを知らせた。わざわざ教えられなくても、季節《きせつ》の変《か》わり目《め》などそのうち気づくものだが、みんなはバンチールのことを、なんでも気やすく話す人間なんだな、ぐらいに思っていた。

ところが、その日の午後、バンチールが目にしたのは、とてもめずらしいものだった。オークの森にある、深い池におおいかぶさるようにつきだしたなめらかな石の上に、十六歳《さい》ぐらいの少年が腹《はら》ばいに大の字になって、日に焼《や》けたぬれた体を気持ちよさそうにかわかしていたのだ。池にとびこんだばかりなのか、髪《かみ》はぬれて頭にはりつき、明るい茶色の目は、まるでトラの目のようにぎらついていた。少年はその目で、けだるそうに、でも油断《ゆだん》なくバンチールを見つめている。

まったく予期しない出会いで、バンチールにしてはめずらしく、声をかける前に考えこんだ。この野生児《やせいじ》のような少年は、いったいどこからやってきたんだろう？　二か月ほど前、粉屋《こなや》のおかみさんの子どもが、川に流されて行方不明《ゆくえふめい》になったらしいときいているが、ほんの赤ん坊《あかんぼう》だったはずで、こんなに大きな少年のはずはない。

「こんなところで、なにをしてるんだい？」バンチールはたずねた。

「見ればわかるだろ。ひなたぼっこだよ」少年が答えた。

「どこに住んでるんだい？」

「ここだよ。この森さ」

「森になんか、住めるはずがないだろ」バンチールはいった。

「すごくいい森だよ」まるで自分の森だとでもいわんばかりだ。

「だけど、夜はどこに寝《ね》るんだい？」

「夜は寝《ね》ないよ。いちばんいそがしいときだから」

バンチールは、いらいらしてきた。なんだかつかみどころのない感じがするからだ。

「なにを食べてるんだ？」

「肉だよ」少年は肉を味わっているように、ゆっくりとそういった。

「肉だって！　いったいなんの肉なんだ？」

「知りたいんなら教えるよ。まず野ウサギだろ、鳥はいろんな種類《しゅるい》を食べるし、食べごろの子ヒツジもいいな。それにうまく手にはいれば、人間の子どもも食うよ。子どもは夜になると家に閉《と》じこもってるから、なかなかむずかしいけどね。もう、二か月も食べてない」

最後《さいご》のバカバカしい部分は無視《むし》して、この少年から、密猟《みつりょう》の告白《こくはく》をひきだしてやろうと考えた。

「野ウサギを食べるだなんて、かっこつけてるじゃないか」すっぱだかの少年に対して「かっこつけてる」はあまりふさわしくなかった。「うちの森の野ウサギは、そうかんたんにはつかまらないぞ」

「夜の狩りは、四本足でやるんだ」かえってきたのは、よく意味のわからないことばだ。

「それはつまり、犬を使うってことなのかい？」バンチールはいってみた。

少年はゆっくりあおむけになりながら、低《ひく》い奇妙《きみょう》な笑《わら》い声《ごえ》をあげた。その声は、楽しげにも不愉快《ふゆかい》そうなうなり声にもきこえた。

「犬は仲間《なかま》になんかなろうとしないさ。特《とく》に夜はな」

バンチールは、このおかしな目をした、おかしなことを話す少年が気味悪くなってきた。

「きみには、この森にいてもらうわけにはいかない」きっぱりとそういう。

「あんたの家にいくよりは、いいんじゃないか？」

この裸《はだか》の野生児《やせいじ》を、きちんと整った自分の家におくのは、たしかに不吉《ふきつ》だ。

「もし、ここから立ちのかないというのなら、無理《むり》やりにでも追いだすことになるぞ」バンチールはいった。

少年はひらりと身をひるがえして池にとびこみ、次の瞬間《しゅんかん》には、バンチールが立っている土手に手をついて、ぬれて光る体を半分ほど持ち上げていた。カワウソならばともかく、人間の少年なのだ。その身のこなしに、バンチールはすっかりおどろいてしまった。思わずあとずさりして足をすべらせ、気づくと雑草《ざっそう》の茂《しげ》る土手によつんばいになっていた。目の前には、トラの目のような黄色い目がある。ほとんど反射的《はんしゃてき》に、自分の喉《のど》をおおいかくすように手を上げかけた。少年はうなり声にも似《に》た笑《わら》い声《ごえ》をあげ、またしてもおどろくべきすばやい身のこなしで、雑草《ざっそう》やシダの茂《しげ》みに姿《すがた》を消した。

「まるで、とんでもなく荒々《あらあら》しいけだものみたいだな」バンチールは立ち上がりながらつぶやいた。そして、カニンガムのことばを思い出した。

「きみんとこの森には、なにかばけものみたいなものがいるな」

ゆっくり家にむかうバンチールは、地元で起こっていることをあれやこれやと思いかえして、もしかしたら、あの野生児《やせいじ》がかかわっているのではないかと思いはじめていた。

このところ、自分の森から狩《か》りの獲物《えもの》が減《へ》っている。農家では飼《か》っているニワトリが消えつづけているし、野ウサギは理由もわからないまま、あまり見かけなくなった。丘《おか》で放牧《ほうぼく》している子ヒツジが、こっそり姿《すがた》を消したという苦情《くじょう》もとどいていた。あの野生の少年が、賢《かしこ》い猟犬《りょうけん》の助けを借《か》りて、このあたりで狩《か》りをしているということはないだろうか？　少年は、夜には「四本足」で狩《か》りをすると話していた。しかし、同時に、「特《とく》に夜は」犬は仲間《なかま》になんかなろうとしないと、おかしなこともいっていた。いったい、どういうことなんだろう。

さらに、ここ一、二か月のあいだに起こったさまざまな事件《じけん》を思《おも》い浮《う》かべていると、とつぜん、ぱたりと足が止まってしまった。二か月前、行方不明《ゆくえふめい》になった粉屋《こなや》の赤《あか》ん坊《ぼう》に思いあたったからだ。川に落ちて流されてしまったのだろうというのが大半の見方だ。しかし、粉屋《こなや》のおかみさんは、川の反対側《はんたいがわ》の丘《おか》のほうから子どもの悲鳴《ひめい》がきこえたとくりかえしいっていた。バカげた考えだとは思いながらも、あの少年の口から、二か月前に赤《あか》ん坊《ぼう》の肉を食べたなどということばはききたくなかった。そんなおそろしいことは、冗談《じょうだん》でも口にするべきではない。

いつもはおしゃべりなバンチールだが、今度ばかりは、自分が森で見たものを、人に話す気にはなれなかった。自分の財産《ざいさん》を盗《ぬす》んだかもしれない人間をかくまったりしたら、教区の評議員《ひょうぎいん》および治安判事《ちあんはんじ》という立場もあやうくなるかもしれない。へたをすれば、いなくなった子ヒツジやニワトリの分の、すくなくはない請求書《せいきゅうしょ》がつきつけられる可能性《かのうせい》だってある。

その日の夕食の席《せき》で、バンチールはいつになく物静《ものしず》かだった。

「どこかに声を置《お》いてきてしまったの？」伯母《おば》がいう。「まるで、オオカミでも見たみたいじゃないの」

うまいたとえ話でもしたつもりなのだろうが、くだらないことをいうと、バンチールは思った。もし、自分の森で「本物の」オオカミを見たのなら、自分がおとなしくだまっているはずがないじゃないか。

翌日《よくじつ》の朝食の時間になっても、昨日《きのう》のできごとについてのいやな気分は、まだ完全《かんぜん》には消えていなかった。バンチールは、汽車で大聖堂《だいせいどう》のある街《まち》までいってカニンガムをたずね、森で見た「ばけものみたいなもの」とはなんだったのか問いただしてみようと決意した。そう決心したことで、すこし元気になって、いつものようにタバコを吸《す》いに居間《いま》にむかうときには、鼻歌まじりだった。

しかし、その鼻歌はとつぜん止まり、祈《いの》りのことばをつぶやいていた。森で出会ったあの少年が、いかにもくつろいだようすで、居間《いま》の長椅子《ながいす》に長々と寝《ね》そべっていたからだ。前日のようにぬれてはいないが、あいかわらずの裸《はだか》だ。

「なんでここにいるんだ？」バンチールははげしい口調でいった。

「森にいちゃいけないって、あんたがいったからだよ」少年は落ち着きはらっている。

「だからといって、ここにきちゃだめだ。伯母《おば》さんに見つかってしまう！」

そして、万が一の際《さい》の被害《ひがい》をすこしでも小さくしようと、この招《まね》かざる客の体を新聞紙であわてておおいかくした。ちょうどそこへ、伯母《おば》がやってきた。

「この子は、道に迷《まよ》ったかわいそうな子でして。どうやら、記憶《きおく》もなくしているようなんです。自分がだれで、どこからきたかもわからないといっています」バンチールは必死《ひっし》の思いでそういいわけした。ただでさえ野蛮《やばん》な姿《すがた》なのに、かってにしゃべりだしてめんどうなことにならないかと、ちらちら、少年の顔をうかがう。

バンチール夫人《ふじん》は、いたく好奇心《こうきしん》をくすぐられたようだ。

「下着に名前でも書かれていないの？」夫人《ふじん》はいった。

「下着も全部なくしてしまったようなんです」バンチールは新聞が落ちないようにしっかりおさえた。

裸《はだか》の家なし子は、迷子《まいご》の子ネコか、捨《す》てられた子犬のようにバンチール夫人《ふじん》の心をくすぐった。

「できるだけのことをしてあげましょう」夫人《ふじん》はそういうと、すぐさまおなじ年かっこうの給仕《きゅうじ》のいる牧師館《ぼくしかん》に人をやって、シャツや靴《くつ》など必要《ひつよう》なものをひと通り持ってこさせた。清潔《せいけつ》な服を身につけ、髪《かみ》を整えてからも、バンチールの目にその少年の不気味《ぶきみ》さはすこしも消えていなかった。しかし、伯母《おば》は気にいったようだ。

「名前を思い出せるまで、仮《かり》の名前をつけてあげないと」伯母《おば》はいった。「ガブリエルがいいわ。小さな天使のような子なのだから、大天使ガブリエルの名前をかりるの」

バンチールは反対しなかった。しかし、それがふさわしいとは思えない。バンチールが飼《か》っているおとなしい老《お》いたスパニエル犬が、少年を一目見るなり家からとびだして、果樹園《かじゅえん》のむこうはしでふるえながらしつこく吠《ほ》えつづけているのを見て、その思いはますます強くなった。さらに、いつもはバンチール同様に陽気でよくうたうカナリアが、ときどきおびえたような声をあげるだけになってしまった。一刻《いっこく》も早くカニンガムに相談しなければ、という決意がますます強くなる。

バンチールが駅にむかっているころ、伯母《おば》はその日の午後に自宅《じたく》で開くお茶会で、日曜学校の生徒《せいと》たちの相手をするように、ガブリエルに伝《つた》えていた。

バンチールをむかえたカニンガムは、なかなかしゃべろうとしなかった。「ぼくの母は、脳《のう》の病気で死んだんだ」カニンガムはそう説明《せつめい》する。「だから、ぼくが見たかもしれないものや、かってに見たと思いこんでいるありえないようなことを、いつまでも考えるのはいやなんだ。どうか、わかってほしい」

「だけど、きみはいったいなにを見たんだい？」バンチールは食い下がる。

「ぼくが見たと思いこんでいるのは、まともな人間ならけっして本気にしないような、すごく異常《いじょう》なものだった。昨日《きのう》の夕方、きみといっしょに果樹園《かじゅえん》の門のそばの生垣《いけがき》の陰《かげ》に立って、沈《しず》んでいく太陽を見ていたときのことだ。とつぜん、裸《はだか》の少年がいるのに気づいたんだ。池で水浴《みずあ》びでもしてきたのか、体はぬれていた。その少年は、草の生えていない土手に立って、おなじように沈《しず》む太陽を見ていたよ。その姿《すがた》は、まるでギリシャ神話の半人半獣《はんじんはんじゅう》の神のようで、その瞬間《しゅんかん》、その子をモデルにして絵を描《か》きたいと思ったんだ。それで、声だけでもかけておこうと思った。でも、ちょうどそのとき、太陽が沈《しず》んで、景色《けしき》からオレンジやピンクの光が消えて、冷《つめ》たい灰色だけが残《のこ》った。そして、そのおなじ瞬間《しゅんかん》に、おどろくようなことが起こったのさ。その少年が、ふっといなくなったんだ！」

「なんだって！　煙《けむり》のように消えたっていうのかい？」バンチールは興奮《こうふん》してたずねた。

「いや、そうじゃない。とてもおそろしいことなんだが、ついさっきまで少年が立っていた丘《おか》の中腹《ちゅうふく》には、大きなオオカミがいたんだ。黒っぽい色をしていて、牙《きば》がギラリと光っていた。そして、その目は残酷《ざんこく》げで黄色かった。きみはきっとぼくのことを……」

しかし、バンチールは最後《さいご》まできかずにかけだしていた。全速力で駅にむかう。電報《でんぽう》を打ってもむだだと思った。「ガブリエルはオオカミ男です」そんな文章をまともに受け止めてもらえるわけがない。伯母《おば》はきっと、合言葉を伝《つた》え忘《わす》れた暗号かなにかだと思うだろう。なんとしても、日没《にちぼつ》の前に家に帰りつかなければ。

汽車をおり、馬車に乗りこんだものの、沈《しず》みつつある太陽のピンクやオレンジの光に照《て》らされた田舎道《いなかみち》を進むスピードが、おそろしく遅《おそ》く感じられた。ようやく家についたとき、伯母《おば》はお茶会にだされたケーキやジャムの残《のこ》りをかたづけているところだった。

「ガブリエルはどこです？」叫《さけ》ぶようにバンチールはいった。

「トゥープさんの家のチビさんを送りにいったわ。すっかり遅《おそ》くなったから、ひとりで帰らせるのは危《あぶ》ないと思ったの。それにしても、きれいな夕焼《ゆうや》けね」

バンチールも西の空の夕焼《ゆうや》けに気づいていないわけではなかったが、その美しさについて語り合うつもりはなかった。バンチールは、トゥープ家にむかって細い道を一目散《いちもくさん》に走った。道の片側《かたがわ》には水車小屋の水車をまわす、流れの早い川がある。反対側《はんたいがわ》は草の生えていない丘《おか》へとつながっている。すでに半分落ちかかった赤い太陽は、まだ見えている。次の角をまがれば、きっと、バンチールがさがしている不釣《ふつ》り合《あ》いなふたりづれが見えるにちがいない。

ところが、とつぜん色が消《き》え失《う》せて、風景《ふうけい》は一瞬《いっしゅん》で灰色につつまれた。バンチールの耳に、恐怖《きょうふ》におびえる甲高《かんだか》い悲鳴《ひめい》がきこえた。バンチールは走るのをやめた。

その後、トゥープ家の子どもとガブリエルの姿《すがた》を見た者はいない。しかし、ガブリエルの服は脱《ぬ》ぎ捨《す》てられて道ばたに残《のこ》されているのが見つかった。そこで、ガブリエルは、川に落ちた子どもを助けようと服を脱《ぬ》ぎ、川にとびこんだものの、結局《けっきょく》、救《すく》うことができなかったんだろうということになった。

バンチールとその近くにいた何人かが、まさに服が置《お》かれていたあたりから、子どもの大きな悲鳴《ひめい》がきこえてきたと証言《しょうげん》した。ほかに十一人の子を持つミセス・トゥープは、わが子の死をいさぎよく受け止めた。

しかし、バンチール夫人《ふじん》は、拾い子の死をなげき悲しんだ。教区の教会に記《き》念《ねん》の真鍮板《しんちゅうばん》が掲《かか》げられることになったのは、夫人《ふじん》の力によるところが大きい。その真鍮板《しんちゅうばん》には次のように刻《きざ》まれている。

「いずこからともなくあらわれ、身を投げうって他者を救《すく》おうとしたガブリエルを記念《きねん》して」

バンチールは、たいがいの場合、伯母《おば》のいうことにはしたがうのだが、ガブリエルの記念板《きねんばん》のための寄付《きふ》だけは、断固《だんこ》としてことわった。

Gabriel-Ernest

夕《ゆう》暮《ぐ》れ

ノーマン・ゴーツビーは、公園のベンチに腰《こし》かけていた。ベンチのうしろはところどころ低《ひく》い木が生えた草地で、その先には柵《さく》がある。ゴーツビーの前には広い馬車道があって、そのむこうには並木道《なみきみち》もある。すぐ右手はガタガタゴトゴトと車輪《しゃりん》や馬のひづめの音でにぎやかなハイドパークコーナーだ。

三月はじめの夕方六時半ごろのことで、すでに風景《ふうけい》は、すっぽりと暗闇《くらやみ》におおわれているが、月明かりと街灯《がいとう》が闇《やみ》の暗さをやわらげていた。公園のなかは、道路にも歩道にも人通りはない。それでも、薄暗《うすぐら》いなかを動きまわるぼんやりとした人影《ひとかげ》が感じられ、そこここのベンチや椅子《いす》にも、背景《はいけい》の闇《やみ》にまぎれて、ひっそりと人がすわっているようだ。

その光景《こうけい》はゴーツビーには心地よいものだったし、そのときのゴーツビーの気分にもぴったりだった。夕暮《ゆうぐ》れどきは敗者《はいしゃ》の時間だ。戦《たたか》いに敗《やぶ》れた人々が、この夕暮《ゆうぐ》れの時間へとにげこんでくる。運に見はなされ、希望《きぼう》を失《うしな》った人たちも、ここでなら好奇《こうき》の目にさらされることはない。みすぼらしい服装《ふくそう》も、力なく下がった肩《かた》も、悲しそうな目も、気づかれることはないだろう。すくなくとも、はっきりとはわからない。
敗《やぶ》れた王を見る目は冷《つめ》たい。
人の心の冷《つめ》たさだ。

冷《つめ》たい視線《しせん》にさらされないように、夕暮《ゆうぐ》れになるとコウモリのようにやってくる人たちは、大手をふって歩きまわる人々がいなくなった公園で、ひっそりとたたずむ。灌木《かんぼく》や柵《さく》に守られた公園のむこう側《がわ》は、まばゆい光に照《て》らされた、人や車でにぎわう世界だ。ずらっとならんだ窓《まど》が、闇《やみ》をけちらすように明るく光をはなっている。そこは、自分の人生をしっかり築《きず》き上《あ》げている人々、すくなくとも負けを認《みと》めずにすむ人々の世界だ。
ゴーツビーは、人通りのない公園のベンチにすわって、そんなことを考えていた。自分自身もその敗者《はいしゃ》のひとりに数えたいような気分だ。ただ、金に困《こま》っているわけではないし、光と騒音《そうおん》にあふれた大通りをぶらついて、幸運を楽しむ人々のなかに加《くわ》わることだってできる。

ゴーツピーの失敗《しっぱい》とは、ほんのささいなものだった。それでも、すこしばかり心が痛《いた》むし、夢《ゆめ》からさめたような思いにもなっていて、街灯《がいとう》のあいだに広がる夕闇《ゆうやみ》をさまようお仲間《なかま》を観察《かんさつ》し、意地悪なよろこびにひたりたい気分だった。

ベンチのゴーツピーのとなりには、年配の紳士《しんし》がすわっていた。その紳士《しんし》には、自尊心《じそんしん》をくだかれた無力感《むりょくかん》のようなものがただよっていた。だれに対しても、なにごとに対しても、いどみかかることをやめてしまった人のようだ。着ている服は、薄暗《うすくら》がりのなかで見るかぎり、べつにみすぼらしいようなものではない。ただ、これからチョコレートやボタンホールにさすカーネーションを買う姿《すがた》は想像《そうぞう》できない。たとえていうなら、演奏《えんそう》してもだれひとり踊《おど》らないあわれな音楽隊《おんがくたい》の楽団員《がくだんいん》だ。いくらなげいてみせても、だれひとりいっしょに泣《な》いてくれる人はいないだろう。

その男が立ち上がった。ゴーツピーは、役立たずとあてにされていない家庭にもどるのか、はたまた、その週の下宿代をはらえるかどうかだけが気がかりの粗末《そまつ》な下宿にもどるところだろうと想像《そうぞう》した。

その男の姿《すがた》がゆっくりと闇《やみ》に消えるのと入《い》れ替《か》わるように、若《わか》い男がベンチに近づいてきた。りっぱな身なりをしているが、そのしょげたようすは、さっきまでそこにすわっていた男に負《ま》けず劣《おと》らずだ。なにもかもがうまくいっていないことをわざわざ強調するかのように、大声でののしり声をあげながら、怒《いか》りにまかせてどさりとベンチに腰《こし》かけた。

「ごきげんってわけではなさそうですね」きっと声をかけてほしいのだろうと判断《はんだん》して、ゴーツビーは切りだした。

若《わか》い男があまりにも愛想《あいそう》よくふりむいたので、ゴーツビーはたちまち警戒態《けいかいたい》勢《せい》にはいった。

「ぼくの立場に置《お》かれたら、あなただってごきげんってわけにはいかないと思いますよ。たったいま、人生最大《さいだい》のへまをやらかしたところなんですから」

「そうなんですか？」ゴーツビーは冷《つめ》たく答えた。

「バークシャー・スクエアにあるパタゴニアン・ホテルに泊《と》まるつもりで、

今日《きょう》の午後、田舎《いなか》からでてきたんですがね、ホテルは何週間か前につぶれて、映画館が建《た》ってたってわけなんです。それで、タクシーの運転手にすすめられて、すこしはなれたべつのホテルにチェックインしました。それから、田舎《いなか》の家族にホテルの住所を知らせる手紙をだすついでに、石鹼《せっけん》を買いにでかけました。ホテルの石鹼《せっけん》を使うのはいやだし、荷物に入れ忘《わす》れてきたもので。しばらくぶらついて、バーで一杯《いっぱい》ひっかけたり、店をのぞいたりしたあと、ホテルに帰ろうとした瞬間《しゅんかん》、そのホテルの名前も住所も忘れていることに気づいたんです。ロンドンには友人も知り合いのひとりもいないんですから、とんでもない災難《さいなん》ですよ！　田舎《いなか》の家族に電報《でんぽう》を打って教えてもらうことはできるんですが、手紙がとどくのは明日《あす》です。一シリングだけ持ってでたお金も、石鹼《せっけん》と酒に使って、いまポケットにはいってるのは二ペンスだけ。これで一晩過《ひとばんす》ごさなきゃいけなくなったってわけなんですよ」

そのあと、若者《わかもの》は意味ありげにしばらくだまっていた。「きっと、でたらめなことをいってるとお思いでしょうね」うらみがましいような調子で、ようやくまた口を開いた。

「ちっともそんなことはありませんよ」ゴーッビーは感情《かんじょう》をこめずにいった。「わたしも、とある外国の首都で、まったくおなじ経験《けいけん》をしたことがありましてね。ただし、そのときはもうひとり相棒《あいぼう》がいたんですから、なおさらまぬけな話です。さいわい、そのホテルが運河沿《うんがぞ》いにあったことだけは覚《おぼ》えていたので、運河《うんが》まででてみたら、ホテルへの帰り道を思い出せたんですがね」

若者《わかもの》はその思い出話に顔を輝《かがや》かせた。「外国の街《まち》でなら、こんなに心配しませんよ。領事《りょうじ》を訪《たず》ねて、助けを求《もと》めればいいんですから。自分の国でこんな目にあうほうが、ずっとたいへんです。ぼくの話を信《しん》じてくれて、このあたりのホテルに一晩泊《ひとばんと》まれるだけのお金を貸《か》してくれる親切な人を見つけることができれば、話はべつですが。まあ、いずれにしても、あなたはぼくの話をとんでもない与太話《よたばなし》だとはお思いにならなかったようなので、それだけでもありがたいです」

若者《わかもの》は最後《さいご》の部分に力をこめていった。いかにもゴーッビーに期待しているような調子だ。

「おしいところまではいったね」ゴーッビーはゆっくり話しはじめた。「きみの話の弱点は、きみが石鹼《せっけん》を持っていないことだよ」

若者《わかもの》はあわてて背筋《せすじ》をのばし、コートのポケットをまさぐると、ぴょんと立ち上がった。

「どこかに落としてきたみたいだ」若者《わかもの》はいまいましげにつぶやいた。

「おなじ日の午後に、ホテルと石鹼《せっけん》の両方をなくすなんて、いかにもあやしげな話だね」ゴーッビーはそういったが、若者《わかもの》は最後《さいご》まできいていなかった。あごを高く上げて、さっさと遠ざかっていく。

「なんともあわれだな」ゴーッビーはつぶやいた。「石鹼《せっけん》を買いにでただなんて、なかなかもっともらしい話なのに。ちょっとしたちがいで、がっかりすることになるのさ。いかにも薬屋で買ったような石鹼《せっけん》を用意しておくだけの気づかいがあれば、りっぱな詐欺師《さぎし》としてもやっていけただろうに。詐欺師《さぎし》っていうものは、細心《さいしん》の注意をはらうだけの能力《のうりょく》がなきゃだめなのさ」

そんなことを考えながら、そろそろ帰ろうと立ち上がったゴーツビーの口から、思わずおどろきの声がもれた。ベンチのすぐわきに、小さな楕円型《だえんけい》の包《つつ》み紙が落ちていたからだ。いかにも薬屋で買ったようなていねいな包装《ほうそう》で、どう見ても石鹼《せっけん》だ。あの若者《わかもの》がベンチにいきおいよく腰《こし》かけたとき、コートのポケットからころがり落ちたにちがいない。

ゴーツビーはあわててかけだして、暗闇《くらやみ》のなか、白っぽいコートをまとった若者《わかもの》の姿《すがた》を、きょろきょろとさがし歩いた。あきらめかけたそのとき、ゴーツビーの目に、馬車道との境目《さかいめ》あたりでぼんやりとたたずむ人影《ひとかげ》がとびこんだ。その姿《すがた》は、公園に足を踏《ふ》み入《い》れようか、それともにぎやかなナイトブリッジの歩道を歩こうかと迷《まよ》っているようすだ。若者《わかもの》は、自分にむかって声をかけているのがゴーツビーだと気づいたとき、敵意《てきい》むきだしの顔で警戒《けいかい》するようにふりむいた。

「きみの話を裏《うら》づける重要《じゅうよう》な証拠《しょうこ》が見つかったよ」ゴーツビーは石鹼《せっけん》の包《つつ》みを掲《かか》げていった。「あのベンチに腰《こし》かけたとき、コートのポケットからころがり落ちたようだね。きみが立ち去ったあと見つけたんだ。信《しん》じてあげなくて悪かったよ。あんまりにも嘘《うそ》っぽかったものだからね。でも、石鹼《せっけん》という証拠《しょうこ》がでてきた以上《いじょう》、もう疑《うたが》う余地《よち》はない。一ポンドあれば足りるかな?」

その金貨《きんか》をさっさとポケットにおさめたところを見ると、一ポンドで十分《じゅうぶん》だったようだ。

「わたしの住所を書いた名刺《めいし》をわたしておこう」ゴーツビーはつづける。「お金をかえすのは、今週中いつでもいいから。それから、ほら、石鹼《せっけん》を。もうなくしちゃいけないよ。きみにとって大事な友だちなんだから」

「見つけていただいて助かりました」若者《わかもの》はいった。それから、ぼそぼそと二言三言《ふたことみこと》お礼をいうと、そそくさとナイトブリッジのほうへ歩き去ってしまった。

「かわいそうに。いまにも気絶《きぜつ》しそうなようすだったな。それも無理《むり》はないさ。困《こま》り切《き》ったところを救《すく》われて、心底《しんそこ》ほっとしたんだろう。わたしにもいい教訓《きょうくん》になったよ。状況《じょうきょう》からだけ判断《はんだん》して、わかったようなつもりになっちゃいけないものだ」

ひきかえして、小さなドラマがあったベンチの横を通りかかったゴーツビーは、年配の紳士《しんし》がベンチのまわりや下をくまなくのぞきこんでいるところにでくわした。あの若者《わかもの》の前にすわっていた紳士《しんし》だ。

「なにかさがしものでも?」ゴーツビーはたずねた。

「ええ、石鹸《せっけん》の包《つつ》みをね」

話《はなし》上《じょう》手《ず》

ある暑い日の午後のこと、汽車の客車のなかも蒸《む》し暑かった。次のテンプルコム駅までは、まだ一時間ほどもある。客室には小さな女の子と、もっと小さな女の子、そして男の子がひとりいた。窓際《まどぎわ》の席《せき》には、三人の子どもたちの伯《お》母《ば》さんがすわっている。むかいの席《せき》の通路側《つうろがわ》には、四人づれとは赤の他人の若《わか》者《もの》がすわっているが、居心地《いごこち》悪そうだ。

伯《お》母《ば》さんも子どもたちも、おなじような話を延々《えんえん》としゃべりつづけていた。まるで、無視《むし》したくてもできないハエの羽音のようだ。

伯《お》母《ば》さんのことばは、たいがいが「だめですよ」からはじまり、子どもたちのことばは「どうして？」からはじまっている。若者《わかもの》は、じっとだまっていた。

「だめですよ、シリル。だめです」

男の子が席《せき》に置《お》いてあるクッションをたたきはじめたのを見て、伯《お》母《ば》さんがいった。たたくたびにほこりが舞《ま》い上《あ》がる。

「ほら、ここにきて、外をごらんなさい」伯《お》母《ば》さんはつづける。

そのシリルという名の男の子は、のそのそと窓《まど》に近づいた。「どうして、あのヒツジたちは、原っぱから追いだされてるの？」シリルがたずねる。

「きっと、もっと草がたくさん生えてる野原にいくんでしょうね」伯母《おば》さんが自信《じしん》なさげにいった。

「だけど、あそこのほうが草がいっぱい生えてるよ。草しかないんだから。ねえ、伯母《おば》さん、草ならあの原っぱのほうがいっぱい生えてるって」

「きっと、べつの野原の草のほうがいい草なんでしょ」伯母《おば》さんが、適当《てきとう》に答える。

「どうして、いい草なの？」シリルは、すかさずたたみかける。

「ほら、あそこを見て、牛がいる！」伯母《おば》さんが声をあげた。牛なら線路わきの野原のあちこちにちらばっているのに、気をそらそうと、さもめずらしそうにいった。

「ねえ、どうして、あっちの草のほうがいいの？」シリルは食い下がる。

若者《わかもの》の額《ひたい》に刻《きざ》まれたしわが深くなったのを見て、伯母《おば》さんは、この人はきびしくて心のせまい人にちがいないと思った。伯母《おば》さんは、野原の草について、満足《まんぞく》な答えを用意することができずに困《こま》っていた。

小さいほうの女の子が、とつぜん、歌をうたいはじめて、みんなの気がそれた。

「マンダレーにいくとちゅう！」

その部分だけしか知らないようで、夢見《ゆめみ》るような、けれども、はっきりとした大きな声で、何度も何度もくりかえす。大きな声で二千回、くりかえしてうたえるかどうか、賭《か》けでもしているのではないかと若者《わかもの》が思ったほどだ。うたえないほうに賭《か》けている者がいたら、負けてしまいそうだ。

「こっちにきなさい。お話をしてあげるから」伯母《おば》さんがそういった。若者《わかもの》が、伯母《おば》さんを二度にらみつけ、一度、非常警報装置《ひじょうけいほうそうち》に目をやったからだ。

子どもたちは、いやいや伯母《おば》さんのほうに身をよせた。いつも、つまらない話をきかされているのだろう。

低《ひく》い声で、ないしょ話でもするように話しはじめるものの、子どもたちが、何度も大声で不作法《ぶさほう》な質問《しつもん》をするので、そのたびに話の腰《こし》が折《お》られた。伯母《おば》さんの話は、ありきたりで、おそろしくつまらないものだった。だれからも好《す》かれるとても「いい子」の女の子が、あばれ牛におそわれそうになったけれど、その子を大好《だいす》きな大勢《おおぜい》の人たちに助けてもらうという話だ。

「いい子じゃなかったら、助けてもらえなかったの?」大きいほうの女の子がいった。若者《わかもの》もたずねてみたいと思っていた質問《しつもん》だった。

「いいえ、そんなことはないわ」伯母《おば》さんは弱々しく答えた。「でもね、その子のことをあんまり好《す》きじゃなかったら、みんな、すぐにはかけつけてくれなかったでしょうね」

「こんなバカバカしい話、きいたことない」大きいほうの女の子がきっぱりといった。

「ぼく、最初《さいしょ》のところしかきいてなかった。あんまりくだらないから」そういったのはシリルだ。

小さいほうの女の子はなにもいわなかったけれど、とっくのむかしに、お気にいりの歌を、くりかえし小さくうたいはじめていた。

「あんまりお話はお上手《じょうず》じゃありませんね」席《せき》のはしから、いきなり若者《わかもの》がいった。

思いがけない攻撃《こうげき》に、伯母《おば》さんはすぐ反撃《はんげき》にでた。

「子どもたちにちゃんと理解《りかい》できて、しかもおもしろい話をするのって、とてもむずかしいことなんです」つっぱねるようにいう。

「そんなことはないでしょう」

「じゃあ、あなたがお手本を見せてくださいよ」

「お話して」大きいほうの女の子が口をはさんだ。

「むかしむかし、あるところに」若者《わかもの》ははじめた。「バーサという女の子がいました。バーサはものすごくいい子でした」

子どもたちのなかにせっかく芽生《めば》えた好奇心《こうきしん》は、たちまち消えてしまった。だれが話しても、どれもおなじようなものなんだ、と。

「バーサはなんでもいわれた通りにして、嘘《うそ》をつかず、洋服も汚《よご》さず、べちゃべちゃのおかゆも、ケーキを食べるようにおいしそうに食べました。勉強もよくできて、礼儀正《れいぎただ》しい女の子です」

「その子はかわいいの？」大きいほうの女の子がいう。

「きみほどかわいくはないんだ。でも、バカみたいにいい子なのさ」

子どもたちは、すこしひきこまれた。「バカみたい」ということばと「いい子」がくっついた話は、きいたことがなかった。伯母《おば》さんの話より、なんだかほんとうっぽい。

「バーサはあんまりいい子なので、『いい子』メダルを三つもらいました。バーサはメダルをいつも洋服につけて歩きます。『いいつけを守る』メダルと『遅刻《ちこく》しない』メダル、それに『お行儀《ぎょうぎ》いい』メダルの三つです。大きな大きなメダルで、バーサが歩くとぶつかりあってチリンチリンと鳴りました。バーサの住んでいる街《まち》には、メダルを三つももらった子はほかにだれもいないので、だれもが、バーサが特別《とくべつ》にいい子だとわかるのです」

「バカみたいにいい子、なんだね」シリルがいう。

「みんながバーサのことをうわさするので、やがて、この国の王子様の耳にまでどきました。王子様は、そんなにいい子なのだったら、街《まち》はずれにある王子様の庭を、週に一度散歩《さんぽ》してもいいとおっしゃいました。とても美しい庭で、それまで、そこを散歩《さんぽ》することを許《ゆる》された子どもはひとりもいません。その庭での散歩《さんぽ》を許《ゆる》されるということは、たいへんな名誉《めいよ》なのです」

「その庭に、ヒツジはいる？」シリルがたずねた。

「いないよ、ヒツジはいないんだ」

「どうしていないのさ？」シリルは重ねてきく。

伯母《おば》さんは思わず微笑《ほほえ》んでしまった。微笑《ほほえ》むというより、ほくそえむ、といった感じだったけれど。

「どうして、その庭にヒツジがいないかというと、王子様のお母さんが、むかし、夢《ゆめ》を見たからなんだ。王子がヒツジに殺《ころ》される夢《ゆめ》と、落っこちてきた時計《とけい》にあたって死ぬ夢《ゆめ》だ。そのせいで、庭にはヒツジがいないし、王宮《おうきゅう》のどこにも時計《とけい》がないんだ」

伯母《おば》さんは、思わずもれそうになった感嘆《かんたん》の声をおさえた。

「王子様はヒツジに殺《ころ》されたの？　それとも、時計《とけい》に？」シリルがきく。

「いいや、王子様はいまも生きてるよ。夢《ゆめ》がほんとうになるかどうかなんて、あてにならないものさ」若者《わかもの》は、さらっという。「とにかく、その庭にヒツジはいない。けれども、庭じゅうをちっちゃなブタが走りまわってる」

「何色《なにいろ》のブタ？」

「体が黒くて顔が白いの、白くて黒い斑点《はんてん》がついてるの、それに全身まっ黒のも、灰色に白い模様《もよう》がついてるのも、全身まっ白のもいた」

庭を走りまわるブタを思《おも》い描《えが》く時間をたっぷりあたえてから、また話しはじめる。

「王子様の庭には、一輪《いちりん》の花も咲《さ》いていないので、バーサはとても残念《ざんねん》でした。やさしい王子様の庭に咲《さ》く花は、けっしてつまないと目に涙《なみだ》を浮《う》かべて伯母《おば》さんと約束《やくそく》して、その約束《やくそく》をしっかり守るつもりでいました。それなのに、そもそも、一輪《いちりん》の花も咲《さ》いていないのですから、バーサはなんだかバカらしくなったのです」

「どうして、花が咲《さ》いてなかったの？」

「ブタどもが全部食べちゃったからさ」若者《わかもの》はすぐに答えた。「庭師《にわし》が王子に、ブタと花の両方は無理《むり》だと告《つ》げたら、王子は花じゃなくてブタを選《えら》んだのさ」

子どもたちは、王子様の賢《かし》い選択《せんたく》に小さく賞賛《しょうさん》の声をあげた。たいていの人は、逆《ぎゃく》を選《えら》ぶだろうに。

「庭には、ほかにもすばらしいものがたくさんありました。金色、青色、緑色の魚が泳ぐ池がありました。木には美しいオウムがとまっていて、賢《かし》いことをしゃべります。流行の歌をうたってきかせる鳥もいます。バーサは庭を歩きまわるのが大好《だいす》きでした。そして、こう思ったのです。『もし、わたしがものすごくいい子じゃなかったら、こんなにきれいな庭にはいることは許《ゆる》されなかったし、いろいろなすばらしいものを見ることもできなかったんだわ』

バーサが歩くたび、三つのメダルがチリンチリンと鳴って、自分がどれほどいい子なのかを思い出させてくれます。ちょうどそのとき、一匹《ぴき》の大きなオオカミが、庭のなかにぶらぶらとはいってきました。晩《ばん》ごはんに太った子ブタを一匹《ぴき》、いただこうと思ったのです」

「何色《なにいろ》のオオカミ？」子どもたちがいっせいにきいた。すっかりお話にひきこまれている。

「体中が泥《どろ》の色さ。舌《した》はまっ黒で、うすい灰色の目はぎらぎらと光っていて、ことばではあらわせないくらいおそろしいんだ。そのオオカミが、庭で最初《さいしょ》に見つけたのはバーサでした。バーサがしみひとつないまっ白なエプロンを身につけていたので、遠くからでもよく見えたのです。バーサもオオカミに気づきました。オオカミはそろそろと近づいてきます。バーサは、庭にはいるのを許《ゆる》されなかったほうがよかったのに、と思いはじめました。バーサは必死《ひっし》で走りましたが、オオカミが大股《おおまた》でとぶように追いかけてきます。バーサはなんとか小さなやぶにたどりついて、分厚《ぶあつ》く生えた木のなかに身をかくすことができました。オオカミはくんくんにおいをかぎながら、木の枝《えだ》をかきわけて近づいてきます。口から大きな黒い舌《した》をたらし、うすい灰色の目は、怒《いか》りにギラギラと光っています。バーサはおそろしくておそろしくてたまりません。そして、こう思いました。『もし、わたしがものすごくいい子じゃなかったら、いまごろわたしは街《まち》にいて、安全だったのに』

ところが、やぶに咲《さ》く花の香《かお》りがとても強かったので、オオカミはバーサがどこにかくれているのか、かぎつけることができません。それに、びっしりと枝《えだ》が茂《しげ》っているので、いくらさがしまわっても、見つけることはできません。そこでオオカミは、しかたなしにあきらめて、子ブタでがまんするかと思いました。オオカミがすぐそばを、鼻をくんくんいわせながらうろつきまわっているので、バーサはぶるぶるとふるえはじめました。すると、そのせいで、『いいつけを守る』メダルと『遅刻《ちこく》しない』メダル、それに『お行儀《ぎょうぎ》いい』メダルがぶつかってチリンチリンと鳴りました。オオカミはちょうど立ち去ろうとしたところだったのですが、メダルが鳴る音をきいて足を止め、耳をすましました。その音はすぐ近くからきこえてきます。オオカミはそのやぶにとびこみました。うすい灰色の目は残酷《ざんこく》に、勝ちほこったように輝《かがや》いています。オオカミはバーサをやぶからひきずりだして、ぺろりと食べてしまいました。あとに残《のこ》ったのは、バーサの靴《くつ》と洋服の切れはし、それから三つの『いい子』メダルだけでした」

「ブタも殺《ころ》されちゃった？」

「いいや、ブタはみんなにげたよ」

「最初《さいしょ》はおもしろくなかったけど、最後《さいご》のほうはすごくおもしろかった」小さいほうの女の子がいった。

「こんなにすてきな話、いままできいたことない」大きいほうの女の子が、きっぱりいった。

「ぼくがきいた話のなかで、おもしろかったのはいまのだけだよ」シリルがいう。

伯母《おば》さんは、こっぴどく批判《ひはん》した。

「小さな子どもたちに、こんなひどい話をきかせるなんて、とんでもないことです！　長年、注意深く教育してきたことが、台無《だいな》しになってしまったわ」

「まあ、いずれにしても、十分間はこの子たちを静《しず》かにさせておきましたよ」

若者《わかもの》は荷物をまとめて客室をでる準備《じゅんび》をしながらいった。「あなたは、それすらできなかったんですからね」

「お気《き》の毒《どく》なこった!」テンプルコム駅のホームを歩きながら、若者《わかもの》はつぶやいた。「この先、半年やそこらは、あの子たちに『ひどい話』をしてとせがまれつづけるぞ!」

スレドニ・バシュター

コンラディンは十歳《さい》の男の子。体が弱く、かかりつけの医者からは、あと五年も生きられないだろうといわれている。その医者は、人あたりがいいだけの無能《むのう》な男なので、なにをいわれても気にすることはないのだが、なんでも信《しん》じやすいミセス・デロップは、すっかり真《ま》に受けていた。

ミセス・デロップは、コンラディンのいとこであり後見人《こうけんにん》だ。コンラディンから見れば、世界の五分の三は、必要《ひつよう》でありながらいけ好《す》かない現実的《げんじつてき》なもので、ミセス・デロップはその代表だ。残《のこ》りの五分の二は、それらと正反対のコンラディン自身と、コンラディンの空想のなかの世界だ。

コンラディンは、いまに病気になるか、過保護《かほご》に甘《あま》やかされてだめになるか、だらだらとつづくたいくつさにのみこまれてしまうかするんじゃないかと思っていた。もし、コンラディンに、空想の力がなかったら、とっくのむかしに、おしつぶされてしまっていただろう。コンラディンの空想の力は、ひとりぼっちのさびしさで一層《いっそう》強くなっていった。

ミセス・デロップは、一度だってコンラディンをきらいだと思ったことがない。とはいえ、ぼんやりとは気づいていた。コンラディンのためだからとおさえつけるのは自分の仕事で、実のところ、それを楽しんでいることに。

一方、コンラディンは、けっして表にはださないものの、ミセス・デロップのことを、反吐《へど》がでるほどきらっていた。なにかを思いついたとき、後見人《こうけんにん》であるミセス・デロップがいやな思いをするかもしれないと考えるだけで、ひそかなよろこびを感じる。そして、コンラディンの空想の世界から、ミセス・デロップは完全《かんぜん》にしめだされていた。あんなけがらわしいやつは、絶対《ぜったい》にいれてやらない、というわけだ。

屋敷《やしき》には庭がある。たいくつで陽気さのかけらもないその庭を、屋敷《やしき》のいくつもの窓《まど》が見下ろしていた。どの窓《まど》も、それはだめ、あれもだめといったり、薬の時間をつげるために、いつなんどき開くかもしれない。そんな庭が楽しいはずがない。庭には、果物《くだもの》のなる木が何本かあった。コンラディンはどの果物《くだもの》にも手をだしてはいけないことになっている。まるで、荒《あ》れ地《ち》に生えた貴重《きちょう》な標本《ひょうほん》のように大事にされているが、一年に実る果実《かじつ》全部を足しても、十シリングだってはらおうという果物屋《くだものや》はいないだろう。

ところが、そんな庭の一角のみすぼらしいやぶのうしろに、いまは使われていない物置小屋《ものおきごや》があった。その物置小屋《ものおきごや》はそこそこの大きさもあり、コンラディンにとって、ただひとつのくつろげる場所だ。遊び場でもあり、祈《いの》りをささげる聖堂《せいどう》でもある。コンラディンはその小屋に、空想が生みだした大勢《おおぜい》の幻《げん》影《えい》たちを住まわせた。むかしのできごとから呼《よ》び起こしたものもあれば、コンラディンの脳《のう》が生みだしたものもある。

そこには、本物の生きた動物も二種類《しゅるい》いる。小屋の片《かた》すみには、羽のすり切れたウーダン種《しゅ》のニワトリがいた。コンラディンは、やり場のない愛情《あいじょう》をこのニワトリにそそいだ。小屋のおくの薄暗《うすくら》がりには、なかに仕切りのある大きな檻《おり》があった。仕切りの片方《かたほう》の正面には、目の細かい鉄格子《てつごうし》がはまっている。そこは大きなイタチのすみかだ。仲《なか》のいい肉屋の子から檻《おり》ごとゆずり受けたもので、代わりに、ずっとかくし持っていた銀貨《ぎんか》を一枚わたした。

コンラディンは、しなやかな体と鋭《するど》い牙《きば》を持つこの動物を、心からおそれていたが、いちばん大切な宝物《たからもの》でもあった。小屋のなかのこの大イタチこそが、なによりの秘密《ひみつ》で、ぞっとするほどのよろこびだ。なにがあっても、ミセス・デロップに知られるわけにはいかない。

そして、ある日、とつぜん天から舞《ま》いおりたように、この獣《けもの》にあたえるすばらしい名前が思い浮《う》かんで、それ以降《いこう》、このイタチはコンラディンの神となり、宗教《しゅうきょう》へと育っていった。

ミセス・デロップは毎週、熱心《ねっしん》に近くの教会に通っていて、コンラディンもいつもつれていかれた。けれども、教会の儀式《ぎしき》は、まるで古代バビロニアの神殿《しんでん》でおこなわれているもののように、コンラディンにはなじめなかった。

毎週木曜になると、コンラディンは、薄暗《うすぐら》くほこりっぽい物置小屋《ものおきごや》の静《しず》けさのなか、偉大《いだい》なるイタチ、スレドニ・バシュターが住む木の檻《おり》の前で、こまやかに練《ね》り上《あ》げた神秘的《しんぴてき》な儀式《ぎしき》をとりおこなった。花のさかりの季節《きせつ》には赤い花を、冬の時期にはまっ赤な木の実を神殿《しんでん》にささげる。スレドニ・バシュターは、残酷《ざんこく》で気の短い神で、コンラディンが見るかぎり、ミセス・デロップの信《しん》じる神とは正反対だ。

いつもの儀式《ぎしき》とはちがう特別《とくべつ》の儀式《ぎしき》のときには、檻《おり》の前にナツメグの粉《こな》をまきちらすのだが、そのお供《そな》え物《もの》のナツメグは、盗《ぬす》んできたものでなくてはならない。この特別《とくべつ》な儀式《ぎしき》をいつおこなうのかは決まっていなかった。そのときどきのできごとを祝《いわ》っておこなうことが多い。

ミセス・デロップが三日にわたって歯痛《はいた》に苦しんだときには、その三日のあいだ、ずっと儀式《ぎしき》をつづけた。そのうち、歯痛《はいた》はスレドニ・バシュターがひき起こしたものなのだと信《しん》じそうになるぐらいだった。もし、歯痛《はいた》があと何日かつづいたら、ナツメグは足りなくなっていた。

ウーダン種《しゅ》のニワトリが、スレドニ・バシュターの宗教《しゅうきょう》へかりだされることは一度もなかった。ずっと前に、そのニワトリはべつの宗派《しゅうは》だということに決めていたからだ。コンラディンはその宗派《しゅうは》のことを威勢《いせい》のいい、気楽なものだということにしていた。ミセス・デロップは、その正反対、いちばん大きらいな「ごりっぱ」なもの、そのものだった。

そのうち、コンラディンの熱心《ねっしん》な物置小屋《ものおきごや》通いは、ミセス・デロップの注意をひきはじめた。

「天気なんか関係《かんけい》なしに、あんなところにいりびたるなんて、よくないわね」

ミセス・デロップは、すぐさま、そう決めつけた。そして、ある日の朝食の席《せき》で、ウーダン種《しゅ》のニワトリは、夜のうちに売ってしまったと知らせた。近眼《きんがん》の目でコンラディンを見つめていたミセス・デロップは、コンラディンが怒《いか》りを爆発《ばくはつ》させ、悲しみにくれるのを待ちかまえていた。そうなれば、すばらしい弁《べん》舌《ぜつ》でコンラディンをいい負かしてやるつもりだった。しかし、コンラディンはなにもいわない。なにもいえなかった。

コンラディンの青ざめた顔を見て、ミセス・デロップは、一瞬《いっしゅん》、心がとがめ、午後のお茶の時間にトーストをだした。いつもは体に悪いからといって、禁《きん》じている。トーストを作るのがめんどうなのも理由のひとつだ。ミセス・デロップにとって、めんどうなことは大きな罪《つみ》だ。

「あなたはトーストが好《す》きだったでしょ?」コンラディンが手をださないのを

見て、ミセス・デロップはすこしむっとしながらいった。

「好《す》きなときもある」コンラディンは答えた。

その日の夜、物置小屋《ものおきごや》では檻《おり》のなかの神にささげる新しい儀式《ぎしき》が生みだされた。いつもは神をほめたたえるばかりなのに、この日は願《ねが》いごとをした。

「ぼくのために、ひとつだけ願《ねが》いをかなえてください、スレドニ・バシュター」

その願《ねが》いがなになのかは、口にださない。神であるスレドニ・バシュターなら、いわなくてもわかるはずだ。空になった小屋のすみを見て、泣《な》くのをこらえながら、コンラディンは大きらいな世界へともどっていった。

それからは、夜には自分の部屋《へや》の心安らぐ暗闇《くらやみ》で、夕方には物置小屋《ものおきごや》の薄暗《うすくら》がりで、コンラディンは、必死《ひっし》に祈《いの》りの声をあげつづけた。

「ぼくのために、ひとつだけ願《ねが》いをかなえてください、スレドニ・バシュター」

コンラディンの物置小屋《ものおきごや》通いがやまないことに気づいたミセス・デロップは、ある日、さらに小屋のおくまで調査《ちょうさ》にのりだした。

「あのカギのかかった檻《おり》で、あなたはいったいなにを飼《か》ってるの？」ミセス・

デロップはたずねた。「モルモットなんでしょ。全部始末《しまつ》しますからね」

コンラディンはかたく口を閉《と》ざしていたが、ミセス・デロップはコンラディンの部屋《へや》をさがしまわって、ついには念入《ねんい》りにかくしていたカギを見つけだした。そしてすぐさま、檻《おり》のなかをたしかめに物置小屋《ものおきごや》にむかった。

その薄《うす》ら寒《さむ》い午後、コンラディンは家からでることを禁《きん》じられた。ダイニング・ルームのいちばんはしの窓《まど》からは、やぶのむこうの物置小屋《ものおきごや》のドアが見下ろせる。コンラディンはその窓《まど》のそばに、じっと立ちつくした。ミセス・デロップが小屋にはいっていくのが見えた。

その先はコンラディンの空想だ。ミセス・デロップは神聖《しんせい》な檻《おり》のドアをあけ、近眼《きんがん》の目で、コンラディンの神がひそむ分厚《ぶあつ》いわらのベッドのなかをのぞきこむ。ミセス・デロップはいらいらとわらをつつくだろう。

そこでコンラディンは、熱烈《ねつれつ》な思いをこめて最後《さいご》の祈《いの》りをとなえた。けれども、コンラディンは知っていた。自分の祈《いの》りがききとげられることはないだろうと。あの女はいまにも、コンラディンの大きらいなあの含《ふく》み笑《わら》いの顔で小屋からでてきて、一時間か二時間もしないうちに、あのすばらしい神を庭師《にわし》にひきずりださせるだろう。いまや、檻《おり》のなかのただの茶色いイタチとなってしまった神を。

そして、ミセス・デロップはこれから先も、今この瞬間《しゅんかん》とおなじように勝ちほこりつづけ、そのいやらしい傲慢《ごうまん》さと、悪知恵《わるぢえ》とで、コンラディンをますます苦しめつづけるだろう。やがて、なにもかもにいやけがさし、早死にするというう医者のことばが正しかったと証明《しょうめい》されるその日まで。コンラディンは敗北《はいぼく》の痛みとみじめさから、危機《きき》にさらされている神にささげる歌を大声で、はげしくうたいはじめた。

スレドニ・バシュターは、歩みでた。
その牙《きば》は白く、その心は怒《いか》りの赤。
敵《てき》は慈悲《じひ》を求《もと》めたが、スレドニ・バシュターは死をもたらした。
スレドニ・バシュター、あなたは美しい。

コンラディンは歌をやめ、窓《まど》に近づいた。物置小屋《ものおきごや》のドアは、さっきとおなじで、半開きのままだ。一秒また一秒と、ときは過《す》ぎていく。そのあとも、なにも起こらないまま時間だけが過《す》ぎていった。コンラディンは、庭の芝生《しばふ》の上を走ったりとんだりしている何羽《なんわ》かのムクドリを見た。片目《かため》で小屋の半開きのドアを見つめたまま、何度も何度もムクドリの数をかぞえてみる。

気むずかしい顔をしたメイドが、テーブルにお茶の用意をしていった。コンラディンはまだ立ちつくして、小屋のドアを見つめている。希望《きぼう》がゆっくりと心のなかに広がってくる。それまで、あきらめきった負け犬のような色しかなかったコンラディンの目に、勝利《しょうり》の光がともりはじめる。よろこびを内に秘《ひ》めたまま、小さな声で、またうたいはじめた。勝利《しょうり》と破壊《はかい》の歌だ。

そして、ついに、コンラディンの目は、ドアのすきまからするりと抜《ぬ》けだした、細長い、黄色と茶のまじった獣《けもの》の姿《すがた》をとらえた。その獣《けもの》は暮《く》れゆく日の光にまばたきをした。あごからのどにかけて、黒々としたしみがべったりとついている。コンランディンは思わずひざまずいた。偉大《いだい》なイタチは、庭の下に流れる小川に足を踏《ふ》みいれて、しばらく喉《のど》をうるおすと、板をわたした小さな橋をわたって、やぶのなかへと姿《すがた》を消した。スレドニ・バシュターを見たのは、それが最後《さいご》だった。

「お茶の用意はできてるってのに、奥様《おくさま》はいったい、どちらに?」気むずかしい顔のメイドがいった。

「さっき、物置小屋《ものおきごや》のほうにいったよ」コンランディンが答える。

メイドがミセス・デロップを呼《よ》びにいくと、コンランディンは食器棚《しょっきだな》からトースト用のフォークを取りだし、パンにつきさして、焼《や》きはじめた。パンを焼《や》いて、たっぷりのバターをぬり、じっくりと味わっていると、ダイニング・ルームのドアのむこうが、とつぜんさわがしくなったり、しずまったりする。

あのメイドがすさまじい悲鳴《ひめい》をあげたかと思うと、それに答えて、キッチンからいっせいに問いただすような声があがった。パタパタと屋敷《やしき》のなかを走りまわる足音や、外に助けを求《もと》めにいく使いのあわてふためいた足音もきこえる。

それらがおさまると、今度はおびえたようなすすり泣《な》きや、なにか重いものをかついで歩くような重々しい足音がきこえてきた。

「あのあわれな子に、いったいだれが知らせにいくんだい？　あたしゃ、ぜったいにごめんだよ！」甲高《かんだか》い声がきこえた。そして、その件《けん》について、話し合いがつづくあいだ、コンラディンはもう一枚トーストを焼《や》いた。

物《もの》置《おき》部屋

子どもたちは、特別《とくべつ》に馬車でジャグバラの砂浜《すなはま》につれていってもらえることになった。けれども、ニコラスだけは家に居残《いのこ》りだ。その日の朝、パンをミルクにひたした体にいいおかゆを、なかにカエルがはいっているとさわぎ立てて、一口も食べなかったからだ。

年上の賢《かしこ》いいとこたちや伯母《おば》さんは、おかゆにカエルがはいってるわけがないんだから、バカなことをいうのはやめろといった。それでも、ニコラスはカエルの色や模様《もよう》までくわしくいいつづけた。そして、なんと、ニコラスのおかゆのボウルから、ほんとうにカエルがでてきた！　それもそのはず、ニコラス本人がいれたカエルなのだから、とうぜんくわしいことまでいえたというわけだ。

庭でつかまえたカエルを体にいいおかゆにいれたのは、たしかにそれ自体ひどいことだ。でも、この事件《じけん》が、これほど大きなさわぎになったのは、ほかの理由のせいだとニコラスは思っていた。つまり、自信《じしん》を持ってぜったいにはいっているはずがないといっていたのに、カエルがでてきたせいで、年長で、賢《かしこ》くて、りっぱなはずの人たちも、まちがいをおかすことが証明《しょうめい》されてしまったという点だ。

「ぼくのおかゆには、カエルがはいってるわけないっていったよね。だけど、ほんとうにははいってたじゃないか」ニコラスは、自分に有利《ゆうり》な場所からは、てこでも動かない司令官《しれいかん》のように、しつこくくりかえした。

というわけで、いとこのお兄《にい》さん、お姉《ねえ》さん、それにニコラスの弟のボビーは、ジャグバラの砂浜《すなはま》につれていってもらえるのに、ニコラスだけは家に取り残《のこ》されることになった。それを決めたのはいとこたちの伯母《おば》さんだ。この伯母《おば》さん、なぜだかいつも、ニコラスの伯母《おば》さんでもあるようにふるまう。

今回の遠足は、朝食の席《せき》でニコラスがひどいことをした罰《ばつ》に、その場で思いついてきめた。それは伯母《おば》さんのよくやる手口で、子どもたちのだれかが、なにか悪いことをしでかしたら、いつも、急に楽しい行事を考えだして、その子をのけものにしてしまう。悪いことをしたら、楽しみを失《うしな》うのだと強く印象《いんしょう》づけるためだ。子どもたちがいっせいに悪さをしたときには、とつぜん、となり町にきているサーカスにつれていくつもりだったのに、罰《ばっ》としてやめると宣言《せんげん》する。それはそれはすばらしくて、ゾウが何十頭もいるサーカスだ。

ジャグバラへ出発するときには、ニコラスの目から涙《なみだ》の二、三粒《つぶ》もこぼれるのではないかと期待されていたのに、涙《なみだ》を流したのはいとこのお姉《ねえ》さんだった。あわてて馬車に乗りこもうとして、ステップでしたたか膝小僧《ひざこぞう》をひっかいたせいだ。

「ざまあみろ」馬車が走り去ると、ニコラスは陽気にいった。馬車のなかの子どもたちは、ちっとも楽しそうではなかった。

「すぐに立ち直るでしょうよ」伯母《おば》さんがいう。「こんなに天気のいい日にきれいな砂浜《すなはま》を走りまわるのは、さぞかしすてきでしょうね。どんなにか楽しいでしょう！」

「ボビーはあんまり楽しくないだろうな。砂浜《すなはま》を走ったりしないだろうし」ニコラスは意地悪な笑《わら》い声《ごえ》をあげながらいった。「あいつ、足が痛《いた》いんだから。靴《くつ》がきつすぎるんだよ」

「あの子はどうして、わたしにいってくれないの？」伯母《おば》さんはきつい口調でたずねた。

「二回もいってたよ。伯母《おば》さんがちゃんときいてなかっただけだ。ぼくたちが大事なことをいっても、いつもちゃんときいてくれないじゃないか」

「グズベリーの庭には、はいっちゃだめよ」伯母《おば》さんは話をそらした。

「なんでさ？」ニコラスがきく。

「あなたは罰《ばつ》を受けてるの」伯母《おば》さんがぴしゃりという。

ニコラスは納得《なっとく》できなかった。それとこれとは、ぜんぜんべつの話なのに。ニコラスはいかにも不満《ふまん》げだ。伯母《おば》さんは、この子はきっとグズベリーの庭にはいるだろうと思った。だめだといわれたら、かならずやろうとするはずなんだから。

グズベリーの庭には、入り口がふたつある。ニコラスのように小さい子がなかにはいると、背《せ》の高い茂《しげ》みにかくれて、すっかり姿《すがた》が見えなくなってしまう。

その日の午後、伯母《おば》さんにはやらなくてはいけないことがたくさんあったのに、一、二時間、庭の花壇《かだん》や植えこみのあたりで雑用《ざつよう》をすることにした。そうすれば、禁《きん》じられた楽園へのふたつの入り口を見張《みは》ることができる。伯母《おば》さんはそんなに賢《かしこ》くはないが、一度決めたことはやりぬく人だ。

ニコラスは二度ほど、庭へもぐりこもうとしてみた。わざとらしくこそこそと、両方の入り口に近づいたけれど、一瞬《いっしゅん》でも伯母《おば》さんの目をかいくぐることはできなかった。ほんとうのところ、ニコラスはグズベリーの庭にはいりたいとはぜんぜん思っていない。ただ、そう信《しん》じこませることができればとても都合がいいので、はいりたがっているふりをしただけだ。伯母《おば》さんに庭で見張《みは》りをさせておいて、時間をかせごうというわけだ。

伯母《おば》さんにまちがいなく信《しん》じこませたところで、ニコラスは家にしのびこみ、長いあいだ考えつづけてきた計画の実行にうつった。まずは、書斎《しょさい》の椅子《いす》にのって、棚《たな》の上に置《お》いてある、いかにも大事そうな大きなカギを手にいれた。そのカギは、見た目通り大事なもので、物置部屋《ものおきべや》にかくされた秘密《ひみつ》を守りつづけている。その部屋《へや》のドアをあけることが許《ゆる》されているのは、伯母《おば》さんのように特別《とくべつ》な人だけだ。

それまでニコラスは、カギ穴《あな》にカギをさしこんでひねってあける、という作業をほとんどしたことがなかった。けれども、ここ何日か、学校の教室のカギで練習をしておいた。ニコラスは慎重《しんちょう》な性格《せいかく》で、偶然《ぐうぜん》やラッキーなどというものは信用《しんよう》していない。

カギはかたかったがなんとかまわった。ドアがあき、ニコラスは秘密《ひみつ》の場所に足を踏《ふ》みいれた。ここにくらべたら、グズベリーの庭なんか、なんの秘密《ひみつ》もないつまらないところだ。

ニコラスはそれまで、何度も何度もその物置部屋《ものおきべや》のようすを想像《そうぞう》してきた。子どもたちがはいってはいけない部屋《へや》で、いくら質問《しつもん》しても、なかのようすは教えてもらえなかった。そこは、ニコラスの期待を裏切《うらぎ》らない場所だった。

まず第一に、大きくて、薄《うす》ぼんやりと明るい。禁《きん》じられたグズベリーの庭を見下ろす、高いところにある窓《まど》からの明かりだけが、部屋《へや》を照《て》らしている。そしてそこには、想像《そうぞう》もしていなかった宝物《たからもの》がぎっしりあった。伯母《おば》さんは、物というのは使えば使うほどいたむからと、ほったらかしにしてほこりやちりだらけにしてしまうような人だった。

ニコラスがよく知っているこの屋敷《やしき》のほかの場所は、どこも味気なくて陰気《いんき》だった。それにくらべて、ここには、目うつりするほどすばらしいものがたくさんある。

まず最初《さいしょ》に目についたのは、暖炉《だんろ》の火よけのついたてとして使われていたらしい、枠《わく》つきのタペストリーだった。それは生き生きとした、息をのむような物語をニコラスに語りかけてきた。ニコラスは、巻《ま》いたインドの敷物《しきもの》の上にすわって、タペストリーに描《えが》かれた絵のすみずみにまで目をこらした。

大むかしの狩《か》りの衣装《いしょう》に身をつつんだひとりの男が、いままさに牡鹿《おじか》を矢で射《い》ぬいたところだった。その鹿《しか》はほんの数十センチほどしかはなれていないところにいるので、矢を命中させるのはそんなにむずかしくなかったろう。それに、絵にはびっしり生えた植物も描《えが》かれているので、草を食べている鹿《しか》にそっと近づくのもかんたんそうだ。鹿《しか》にとびかかっていく二頭の猟犬《りょうけん》は、ちゃんと訓練《くんれん》されていて、矢がはなたれるまで、主人の足元にいたのもはっきりわかる。

その絵の、その部分はおもしろいけど単純《たんじゅん》だ。でも、ニコラスは、四頭のオオカミが森のおくからかけ足で近づいているのに気づいた。この猟師《りょうし》は、気づいているんだろうか？　木の陰《かげ》には、もっとたくさんのオオカミがいるのかもしれない。もし、あの四頭のオオカミがおそいかかってきたら、猟師《りょうし》と犬たちだけで太刀打《たちう》ちできるんだろうか？　猟師《りょうし》の矢筒《やづつ》には矢が二本しか残《のこ》っていない。もし、そのうちの一本を、ひょっとしたら両方をはずしてしまったら、どうなってしまうだろう？　この絵からは、この猟師《りょうし》は、バカみたいに近いところからなら、大きな鹿《しか》に命中させることができる腕前《うでまえ》、ということしかわからない。

ニコラスは、うっとりしながら、このあとなにが起こるのかを想像《そうぞう》して、長い時間すわっていた。そして、だんだん、オオカミは四頭だけではなくて、猟師《りょう》師《し》と猟犬《りょうけん》は、とても危険《きけん》な立場に立たされているんだと考えるようになっていった。

ニコラスが気をひかれる物はほかにもたくさんあった。ヘビの形にねじれたロウソクや、アヒルのような形のティーポットもあった。お茶はあの開いたくちばしからそそぐんだろう。これにくらべたら、子ども部屋のティーポットは、なんてたいくつで、つまらない形をしているんだろう！

彫刻《ちょうこく》のほどこされたビャクダンの箱もある。なかにはいいにおいのする綿《わた》がぎっしりつまっていた。そして、綿《わた》のあいだには小さな真鍮《しんちゅう》のフィギュアがあった。背中《せなか》にこぶのある牛や、クジャクや子鬼《こおに》のフィギュアだ。見ているだけで楽しいし、手にとってながめるのもいい。

質素《しっそ》な黒いカバーの、大きな本には、最初《さいしょ》はあんまり期待していなかった。けれども、開いてみると、なかにはカラーで描《えが》かれた鳥の絵がたくさんあった。それにしても、なんてすごい鳥なんだ！　庭や近くの道を散歩《さんぽ》しているときに、ニコラスもときどき鳥を見かけることがあった。大きくてもせいぜいがカササギかモリバトぐらいだ。ところが、この本には、サギにノガン、トビにオオハシ、トラノサギ、ヤブツカツクリ、トキやキンケイまでいる。どれもこれも、びっくりするような姿《すがた》ばかりだ。

ニコラスがオシドリのきれいな色合いに見とれ、そこにそえられた解説文《かいせつぶん》を味わっていると、グズベリーの庭から、ニコラスの名を呼《よ》ぶ伯母《おば》さんの金切り声がきこえてきた。伯母《おば》さんは、ニコラスがあんまり長い時間姿《すがた》を見せないので、やぶのおくにある壁《かべ》をのりこえたんだろうという結論《けつろん》にとびついた。そこで、グズベリーの庭の茂《しげ》みを必死《ひっし》になってさがしまわっているのだった。

「ニコラス、ニコラス！」伯母《おば》さんは叫《さけ》んでいる。「いますぐでてきなさい。かくれたってむだよ。ちゃんと見えてるんだから」

ニコラスは、思わずにっこり笑《わら》った。きっと、この物置部屋《ものおきべや》でだれかが笑《わら》ったことなんか、もう二十年もなかっただろう。

とつぜん、ニコラスを呼《よ》ぶ怒《おこ》った声が消え、悲鳴《ひめい》がきこえた。さらに「だれかすぐにきて！」という叫《さけ》びになる。

ニコラスは本を閉《と》じ、元の場所に慎重《しんちょう》にもどし、そばにあった新聞紙のほこりをふりかけた。それから、部屋《へや》をでてカギをかけ、元々あった場所から一ミりも動いていないようにもどした。

ニコラスがぶらぶらと庭にでていったときにも、まだ伯母《おば》さんはニコラスの名前を呼《よ》んでいた。

「ぼくを呼《よ》んでるのはだれ？」ニコラスがいう。

「わたしよ」壁《かべ》のむこうから返事がする。「わたしの声がきこえなかったの？　ずっとさがしてたのに。そしたら、雨水だめのタンクに落ちてしまったの。水はたまってないから助かったけど、つるつるすべってでられない。サクランボの木の下にはしごがあるから、ちょっといって持ってきて……」

「ぼくは、グズベリーの庭には、はいっちゃいけないっていわれてる」ニコラスがすかさずいった。

「ええ、そうね。でもいまはいいの」いらいらしたような声がタンクのなかからきこえてくる。

「なんだか、伯母《おば》さんの声とはちがうみたいだ」ニコラスがいった。「おまえは悪魔《あくま》なんじゃないのか？　ぼくに、いいつけを破《やぶ》らせようとしてるんだろ。

伯母《おば》さんはいつも、ぼくが悪いことをするのは悪魔《あくま》にそそのかされてるせいだっていってる。だけど、今度はそそのかされたりしないぞ」

「バカなことをいってないで、はやくはしごを持ってきなさい」

「お茶の時間にイチゴジャムをだしてくれる？」ニコラスがむじゃきにたずねる。

「ええ、だしてあげます」ニコラスをまるめこむなんてかんたんだと思いながら答えた。

「やっぱりおまえは悪魔《あくま》だ。伯母《おば》さんじゃない」ニコラスがはしゃぎ声でいった。「昨日《きのう》、イチゴジャムがほしいっていってたのんだら、伯母《おば》さんは、そんなものはないっていったんだ。ぼくは、食料保存庫《しょくりょうほぞんこ》の棚《たな》にびんが四つあるのを見たから知ってるし、おまえも、知ってたんだな。だけど、伯母《おば》さんはないっていってたんだから、ほんとうに知らなかったはずなんだ。ふん、悪魔《あくま》め、まんまと正体をあらわしたな！」

悪魔《あくま》と話しているつもりで伯母《おば》さんと話すのは、なんともいえずに楽しかった。けれども、ニコラスは、子どもなりにあんまりやりすぎてはいけないということも知っていた。ニコラスは足音高くその場をはなれた。結局《けっきょく》、伯母《おば》さんを助けたのは、パセリをさがしにきた、キッチンのメイドだった。

その日の夕食の時間は、おそろしいほど静《しず》かだった。いとこたちがジャグバラの砂浜《すなはま》についたときはちょうど満潮《まんちょう》で、遊べる砂浜《すなはま》などどこにもなかった。ニコラスを罰《ばっ》するために急に思いついた計画だったので、そこまで考えていなかったからだ。靴《くつ》がきついせいで、午後の間中、ボビーはずっと機嫌《きげん》が悪く、ほかの子たちもちっとも楽しくなかった。

伯母《おば》さんは、雨水だめのタンクに三十分も閉《と》じこめられていたことが、恥《は》ずかしいやらくやしいやらで、完全《かんぜん》にだんまりをきめこんでいる。

ニコラスも、またおとなしかった。もの思いにふけっていたからだ。そして、結論《けつろん》に達《たっ》した。あの猟師《りょうし》も猟犬《りょうけん》も、きっとうまくにげるだろう。オオカミたちが鹿《しか》をがつがつ食べているあいだに。

牡牛《おうし》

トム・ヨークフィールドは、母親のちがう兄、ローレンスのことを、なんだか虫の好《す》かないやつだと思っていた。それでも、年がたつにつれて、どうでもいい気持ちへと変《か》わっていった。血のつながりがあるというだけで、なにかはっきりとしたきらう理由もないし、共通《きょうつう》の趣味《しゅみ》のひとつもない。そして、いさかいあうような機会《きかい》もなかった。

ローレンスは若《わか》いころに生家の農場からでていき、母親のわずかな遺産《いさん》で細々と暮《く》らしながら画家への道を歩み、最近《さいきん》ではずいぶんと成功《せいこう》をおさめているらしい。すくなくとも、心も体も健康《けんこう》でいられる程度《ていど》には。動物画が得意《とくい》で、ローレンスの絵を定期的《ていきてき》に買ってくれる人もいるようだ。

トムは異母兄弟《いぼきょうだい》のローレンスに対して優越感《ゆうえつかん》を抱《いだ》いていた。動物画家などと大げさにいってみたところで、しょせんはしがない絵描《えか》きにすぎないのだから。トム自身は、豪農《ごうのう》とまではいわないまでも、数代にわたってつづく、りっぱな牛を産出《さんしゅつ》することで評判《ひょうばん》の農場の主《あるじ》だ。手持ちの財産《ざいさん》をうまく使い、努力《どりょく》を重ねた結果《けっか》、たくさんではないが牛のむれを維持《いじ》し改良《かいりょう》してきた。

なかでもクローバー・フェアリー号という牡牛《おうし》は、近隣《きんりん》ではどの牛にも負けないりっぱな牛だった。格式《かくしき》ある品評会《ひんぴょうかい》で審査員《しんさいん》に衝撃《しょうげき》をあたえるほどではないにしても、小規模《しょうきぼ》な農場ではどこもが欲《ほ》しがるような、元気で体格《たいかく》のいい、健康《けんこう》な若牛《わかうし》だ。キングズヘッドの市《いち》でも絶賛《ぜっさん》され、トムはいつも、たとえ百ポンドでも手ばなさないと豪語《ごうご》していた。小規模《しょうきぼ》農場にとって、百ポンドなら大金で、八十ポンド以上《いじょう》なら売る気になるのがとうぜんというところだ。

トムは、たまにしか農場にやってこないローレンスに、クローバー・フェアリー号を見せるのをとても楽しみにしていた。クローバー・フェアリー号は、ほかの牛たちからはひきはなされて、一頭だけ囲《かこ》い地《ち》にいる。

今回、トムは、ローレンスに対して、むかし感じていた嫌悪感《けんおかん》がよみがえるような気がした。この芸術家《げいじゅつか》とやらは、以前《いぜん》より活気がなく、服装《ふくそう》もだらしなく、話し方はえらそうになっている。豊作《ほうさく》のジャガイモには目もくれないくせに、農場にとってはやっかいな、道ばたの黄色い花をすっかり気にいっているようすだ。

それに、よく肥《こ》えた顔の黒い子ヒツジたちを見せても、大声でほめてくれるどころか無関心《むかんしん》で、むこうの丘《おか》のオークの木の葉の色合いについていつまでもしゃべっているといったありさまだ。

しかし、この農場の栄光《えいこう》であるすばらしい牡牛《おうし》を見れば、いくらなかなかほめようとしない了見《りょうけん》の狭《せま》いローレンスでも、ほめたたえずにはいられないはずだ。

数週間前、トーントンへ商用ででかけた際《さい》、トムはローレンスに招《まね》かれて街《まち》なかのアトリエを訪《たず》ねたのだが、そこにはローレンスの絵が一枚飾《かざ》られていた。ひざまで沼《ぬま》につかった牡牛《おうし》を描《か》いた大きな絵だった。その手の絵としては評判《ひょうばん》がいいらしく、ローレンスも自信《じしん》たっぷりだ。

「ぼくの最高傑作《さいこうけっさく》なんだよ」ローレンスが何度も何度もそうくりかえすので、トムも「たしかによく描《か》けてるね」とおおらかに話を合わせておいた。

そしていま、この画家先生は、ほんものの芸術品《げいじゅつひん》を目《ま》の当たりにしようとしている。血の通った、力と美しさを備《そな》えるほんものの絵だ。時がたつにつれて、次々と新しいポーズと動きを見せて目を楽しませてくれる生きた絵。壁《かべ》に閉《と》じこめられた、いつ見てもおなじ姿《すがた》しか見せない絵なんかとはまるでちがう。

トムは頑丈《がんじょう》な木の扉《とびら》をあけ、ローレンスをわら敷《し》きの囲《かこ》い地《ち》へとみちびいた。

「これはおとなしいのかな？」赤い巻《ま》き毛の若《わか》い牡牛《おうし》が、好奇心《こうきしん》むきだしに近づいてくると、絵描《えか》きはたずねた。

「こいつはふざけるのが好《す》きでね」ふざけるというのがどんなことなのか、あいまいにしたまま答えた。ローレンスは牡牛《おうし》について、ひとつふたつ、おざなりなほめことばをいったあと、年齢《ねんれい》やどうでもいいようなささいなことについて質問《しつもん》をした。それから、冷静《れいせい》さをとりもどしたように話題を変《か》えてきた。

「トーントンで見てもらった絵のこと、覚《おぼ》えてるかい？」

「ああ」トムが答える。「ぬかるみに突《つ》っ立《た》った白い顔の牡牛《おうし》の絵でしょ？ヘレフォード種《しゅ》の牛は、おれはあんまり好《す》きじゃないけどね。いかつい体つきで、あんまり活気がないんだ。まあ、絵を描《か》くにはちょうどいいんだろうけど。それにくらべりゃ、この子はいつだって動きまわってるからな」

「あの絵が売れたんだ」ローレンスは満足《まんぞく》げにつぶやいた。

「へえ、そいつはよかった。いくらで売れたんだい？」

「三百ポンド」

トムは、怒《いか》りでゆっくり顔を赤らめながらふりむいた。三百ポンドだと！　どんなに景気《けいき》のいいときでも、このクローバー・フェアリー号は百ポンドがやっとだ。それなのに、異母兄弟《いぼきょうだい》が絵具をぬりたくっただけのキャンバスが、その三倍で売れただと？　これほど残酷《ざんこく》な仕打ちがあるだろうか。ただでさえらそうで自慢《じまん》げなローレンスが勝ちほこっている。

若《わか》き農夫《のうふ》は、異母兄弟《いぼきょうだい》に自分の宝《たから》を見せつけて、すこしばかりあてこすってやろうと思っていたのに、いまやテーブルはひっくりかえされた。単《たん》なる絵の一枚に大金が支《し》はらわれたせいで、大切な牡牛《おうし》が安っぽく、価値《かち》のないものに成《な》り下がってしまった。こんなとんでもない不公平《ふこうへい》があるだろうか。

絵などというものは、小手先だけのまがいものにすぎない。けれども、このクローバー・フェアリー号は本物だ。トムの小さな世界の王であり、田舎《いなか》ではだれもが知っている。死んだあとにもその名をとどめ、子孫《しそん》はこのあたりの谷間や丘《おか》の牧草地《ぼくそうち》のあちこちで草を食《は》み、牛舎《ぎゅうしゃ》にあふれ、そのつややかな赤い毛皮は景色《けしき》を彩《いろど》るアクセントとなり、市場をにぎわすだろう。大きくなりそうな子牛や、姿《すがた》かたちのいい子牛を目にした人は、思わずこんな声をあげるはずだ。

「ああ、この牛はクローバー・フェアリー号の血筋《ちすじ》にちがいない」

そのあいだ、ローレンスの絵の牛は、命もなく、変化《へんか》も起こさず、ほこりとワニスにおおわれたままだ。もし、その絵を壁《かべ》にむけてひっくりかえしでもすれば、なんの価値《かち》もなくなってしまう。そうした思いがトムの心のなかを荒々《あらあら》しくかけめぐっているのに、それをことばにすることができなかった。ようやく口を開いたときには、ぶっきらぼうできついことばがとびだした。

「あんな絵に三百ポンドもむだに投げだすなんて、よほど頭のねじのゆるんだ阿呆《あほう》だな。趣味《しゅみ》が悪いにもほどがある。おれは、絵よりも本物の牛がいいね」

トムはそういいながら、若《わか》い牡牛《おうし》のほうを見た。クローバー・フェアリー号は、なかば遊びに誘《さそ》うように、なかばいらついたように、ふたりにむけて鼻を高く上げたかと思うと、角《つの》を低《ひく》くかまえ、頭をふる。

ローレンスは、ひきつったような笑《わら》い声《ごえ》をあげた。トムのことばにむっとしながらも、余裕《よゆう》を見せた笑《わら》いだ。

「あんな絵というけど、買ってくれた人が、お金をむだにする心配はないさ。ぼくがもっと有名になれば、価値《かち》が上がるからね。あの絵も、あと五、六年もしたらオークションで四百ポンドにはなるだろうな。ちゃんとした絵描《えか》きの、ちゃんとした作品を見きわめる力があれば、絵画というのはなかなかいい投資《とうし》になるんだよ。この大事な牛を飼《か》いつづけたところで、これ以上価値《いじょうかち》が上がることはないんだろ？　老《お》いぼれるまで飼《か》っていれば、ひづめと毛皮の数シリング分の価値《かち》にまで落ちてしまう。けれど、多分そのころには、ぼくの牛はりっぱな美術館《びじゅつかん》に大金で買われてるだろうさ」

もう、十分《じゅうぶん》だった。真実と中傷《ちゅうしょう》と侮辱《ぶじょく》があわさって、トム・ヨークフィールドの堪忍袋《かんにんぶくろ》の緒《お》が切れた。右手にオーク材《ざい》の棍棒《こんぼう》をにぎり、左手で、カナリア色のシルクのスカーフを巻《ま》いたローレンスの胸《むな》ぐらをつかんだ。ローレンスはけんかには不向《ふむ》きな男で、暴力《ぼうりょく》を受けた恐怖《きょうふ》でバランスを失《うしな》い、柵《さく》のなかにころげ落ちてしまった。怒《いか》りでわれを忘《わす》れたトムも、やはりバランスを失《うしな》って柵《さく》のなかに落ちる。

囲《かこ》い地《ち》のなかで、人間が走りまわったり、大声をあげたりする光景《こうけい》をはじめて見て、クローバー・フェアリー号は、うきうきとよろこび勇《いさ》んだ。まるで自分の寝床《ねどこ》を取りあうニワトリのようじゃないか。牡牛《おうし》はうれしさのあまり、ローレンスを左肩《ひだりかた》の上へとほうり上げ、まだ宙《ちゅう》に浮《う》いているあいだに脇腹《わきばら》あたりを角で突《つ》き、地面に落ちたところをひざで踏《ふ》みつけようとした。トムが必死《ひっし》で割《わ》ってはいったので、なんとか最後《さいご》の行程《こうてい》だけは食い止められた。

トムは異母兄弟《いぼきょうだい》の傷《きず》がいえるまで、一生懸命《いっしょうけんめい》、心をこめて看病《かんびょう》にあたった。おかげで、肩《かた》の位置《いち》がすこしずれ、肋骨《ろっこつ》が一、二本折《お》れ、いささか神経《しんけい》をやられたぐらいですんだ。

結局《けっきょく》、若《わか》き農夫《のうふ》の心には、それ以上《いじょう》の恨《うら》みはいっさい残《のこ》らなかった。三百ポンドで売れようが、六百ポンドで売れようが、どこぞの大きな美術館《びじゅつかん》で何千人にほめられようが、ローレンスの牡牛《おうし》は、人間を高くはね上げることも、落ちてくる脇腹《わきはら》に角を突《つ》き刺《さ》すこともできないのだ。しかし、クローバー・フェアリー号には、まちがいなくそれができる。

ローレンスはその後も動物画家として名を高めていったが、そのテーマは子ネコや子鹿《こじか》、子ヒツジにかぎられるようになり、牡牛《おうし》を描《か》くことは二度となかった。

クモの巣《す》

農場の母屋《おもや》のキッチンがその場所に決められたのは、おそらく単《たん》なる偶然《ぐうぜん》かでたらめの結果《けっか》だったのだろう。そうだとしても、農場専門のすぐれた建築家《けんちくか》が設計《せっけい》したかのようだった。その広々としたくつろぎの場所であるキッチンは、乳《ちち》しぼり小屋や鳥小屋、ハーブ・ガーデンなど、農場でも出入りのはげしい場所への行き来がしやすく、石敷《いしじ》きの床《ゆか》なので、ブーツの泥《どろ》もかんたんに落とせる。

そして、人の行き来でにぎやかな場所のまんなかにありながら、窓《まど》からの景色《けしき》はすばらしい。ヒースが点々とする自然《しぜん》のままの丘《おか》や、木が生《お》い茂《しげ》る谷をのぞむことができる。格子《こうし》のはまった横に広いその窓《まど》は、大きくでっぱった暖炉《だんろ》の陰《かげ》にあって、幅《はば》の広い作りつけのベンチもあるので、小さな部屋《へや》のようになっていた。そこは家でいちばん居心地《いごこち》のいい部屋《へや》といってもいいくらいだ。

まだ若《わか》いミセス・ラドブルックは、この農場を相続《そうぞく》してひき継《つ》ぐことになった夫《おっと》とともにやってきたばかりだ。この居心地《いごこち》のいい場所をうっとりと見つめ、はやいところ、自分好《ごの》みにサテンのカーテンをかけたり、花びんに花をいけたり、骨董品《こっとうひん》の磁器《じき》を飾《かざ》る棚《たな》をつけたりして、明るい場所にしたいと、手ぐすねをひいていた。高い壁《かべ》に囲《かこ》まれた、なんだかとりすましたような陰気《いんき》な庭を見わたすかび臭《くさ》いリビング・ルームは、快適《かいてき》でもおしゃれでもない。

「もうすこし落ち着いたら、キッチンをびっくりするぐらいすてきな場所にしてみせるわ」ミセス・ラドブルックは、ときどきやってくるお客さんによくそういった。そのことばの裏《うら》には、自分でも気づいていないひそかな願《ねが》いがかくされていた。エマ・ラドブルックはこの農場の女主人であって、夫《おっと》とともに、ある程度《ていど》までは自分の思い通りにできるはずだ。それなのに、まだ、キッチンの女主人にはなれないでいる。

古い食器棚《しょっきだな》の一段《だん》には、縁《ふち》の欠《か》けた舟形《ふながた》のソース皿やシロメの水差《みずさ》し、チーズ削《けず》り器《き》、支《し》はらい済《ず》みの請求書《せいきゅうしょ》などといっしょに、ぼろぼろの聖書《せいしょ》が置《お》いてあった。その聖書《せいしょ》の黄色い扉《とびら》には、消えかかったインクで九十四年前の日付《ひづ》けとともに、「マーサ・クレール」という名が書かれている。ぶつぶつつぶやきながら、キッチンをよたよた歩きまわる、まるで冬の風にあちらへこちらへと吹《ふ》かれる枯葉《かれは》のような、しわくちゃの黄色い肌《はだ》をした老婆《ろうば》こそが、若《わか》かりし頃《ころ》、マーサ・クレールだった人物だ。

結婚《けっこん》してからは七十年以上《いじょう》、マーサ・マウントジョイを名乗っている。農場のだれひとりとして覚《おぼ》えているものがいないほどのむかしから、がみがみ怒《おこ》ったり、ぶつぶつつぶやいたりしながら、けっして仕事の手を休めることなく、マーサはオーブンと洗濯場《せんたくば》、乳《ち》しぼり小屋のあいだを行き来し、鳥小屋やハーブ・ガーデンのなかを歩きまわってきた。

エマ・ラドブルックは、このマーサからは、夏の日に窓《まど》からとびこんできたハチ程度《ていど》にしか思われていなかった。最初《さいしょ》のころ、エマはマーサのことをおそれのいり混《ま》じった好奇《こうき》の目で観察《かんさつ》していた。

マーサはあまりにも年をとっていて、この農場になじみきっているので、生きた人間だとは思えないほどだ。農場で飼《か》われているコリー犬、シェップじいさんは、鼻のまわりの毛が白くなり、四肢《しし》もこわばってあとは死ぬのを待つだけだが、かさかさにしなびた老婆《ろうば》よりは、よほど人間らしく見えるくらいだ。

シェップがやんちゃで元気いっぱいの子犬だったころ、マーサはすでによたよた歩きの老婆《ろうば》だった。いまではそのシェップも、ほとんど目が見えず、生きるしかばねなのに対して、マーサはいまも、掃除《そうじ》をしたり、パンを焼《や》いたり、洗濯《せんたく》をしたり、ものを運んだりと、弱々しいながらも働《はたら》きつづけている。

もし、老《お》いて死んでいった賢《かしこ》い犬たちの魂《たましい》がほろびないとしたら、あの丘《おか》には何世代にもわたる犬の幽霊《ゆうれい》が、わんさかとりついているんじゃないかとエマは思った。そのどれもこれもが、マーサが餌《えさ》をあたえて育て、この古いキッチンで別《わか》れのことばを投げかけてきた犬たちだ。

そして、マーサが見送ってきた何世代もの人々の思い出は、いったいどれほどのものなのだろう。新参者《しんざんもの》のエマはもちろん、だれにとってもマーサからむかし話をききだすのはむずかしかった。マーサの甲高《かんだか》いふるえる声が語るのは、ドアがあきっぱなしだとか、バケツの置《お》き場所《ばしょ》がちがうとか、餌《えさ》の時間がおくれているといった、農場の日々の仕事のなかで生じるさまざまな小さな失敗《しっぱい》やほころびについてばかりだった。

マーサに対するおそれと好奇心《こうきしん》がうすれてくると、エマ・ラドブルックは、この老婦人《ろうふじん》に対するべつの感情《かんじょう》を、しぶしぶ意識《いしき》しだした。マーサは古臭《ふるくさ》い伝統《でんとう》そのもので、この農場にとりつき、農場そのものの一部となっていて、あわれであると同時に見ごたえもあるのだが、おそろしいほどじゃまな存在《そんざい》だった。

エマには、ささやかな改修《かいしゅう》や改良《かいりょう》の計画がたくさんあった。最新式《さいしんしき》のさまざまな工夫《くふう》や方法《ほうほう》を学んできたし、自分自身のアイディアや空想を取りいれた計画もある。それなのに、きく耳を持たない老婆《ろうば》は、キッチンのリフォームなど、短いのしりことばで嫌悪感《けんおかん》たっぷりに拒絶《きょぜつ》するだけだろう。

キッチンまわりの家事には、乳《ちち》しぼり小屋や市場での売り買いまで含《ふく》まれていて、家事の半分ほどにまでおよんでいるといっていい。市場にだす鳥肉の処《しょ》理《り》についても、エマは最新《さいしん》のやり方を身につけているのに、まったく手伝《てつだ》わせてもらえず、ただすわって見ているだけだ。マーサは八十年にもわたってやってきた通りの、古くさいやり方をがんこに守っている。洗濯《せんたく》やその他の家事を効率《こうりつ》よく、楽にするための色々な方法《ほうほう》を、はりきって教えようとしたときも、よぼよぼでぶつぶつつぶやくだけのにぶい老婆《ろうば》には、まるっきり相手にされなかった。

そしてなにより、古くさびれたキッチンのなかの優美《ゆうび》で明るいオアシスにしたいと思っているあの窓際《まどぎわ》のスペースは、がらくたで息がつまりそうになっている。人間がつむぎあげたクモの巣《す》に守られているようだ。実体のない名ばかりの女主人であるエマには、とても取りはらえないクモの巣《す》だ。

マーサはまちがいなくじゃまものだ。ほんの数か月でもいいから、このがんこな老婆《ろうば》の命を縮《ちぢ》められたらと願《ねが》うのはとてもおそろしいことだ。それでも、日がたつにつれて、エマは自分の心のおくに、その願《ねが》いがあることを認《みと》めないわけにはいかなかった。

ある日エマは、そのおそろしい願《ねが》いに強い良心《りょうしん》の呵責《かしゃく》を覚《おぼ》えることになった。キッチンにはいったエマは、いつもはにぎやかなキッチンで意外なものを目にしておどろいた。マーサが働《はたら》いていなかったのだ。

マーサのかたわらにはトウモロコシのはいった籠《かご》が床《ゆか》に置《お》いてあり、庭では餌《えさ》はまだかと、鳥たちが大さわぎをはじめていた。しかし、マーサは窓際《まどぎわ》のベンチに縮《ちぢ》こまるようにすわって、かすむ目で窓《まど》の外を見つめていた。その目には秋の景色《けしき》ではない、なにかあってはならないものがはっきりと見えているかのようだ。

「ねえ、マーサ、どうかしたの?」エマはたずねた。

「死神だ。死神がやってくる」ふるえる声で答える。「あたしにはわかるんだ、あたしにはね。午前中、おいぼれシェップがずっと吠《ほ》えてたのもそのせいさ。それにあたしゃ、昨日《きのう》の夜、コノハズクが死の歌をうたってるのをきいたんだ。昨日《きのう》はなんだか白いものが、庭を横切るのも見たよ。あれはネコでもイタチでもない、なにかべつのものさ。鳥たちだって、あわてて脇《わき》によけたもの。そう、これはお知らせなのさ。あたしにはわかるんだ、やつがやってくるのが」

エマの目はあわれみの涙《なみだ》でくもった。まっ青な顔ですわっているこのしなびた老婆《ろうば》も、かつては陽気でさわがしい子どもだった。八十年以上《いじょう》前には、路地《ろじ》裏《うら》や干《ほ》し草置《くさお》き場《ば》、母屋《おもや》の屋根裏《やねうら》で遊びまわっていたのに、いまはこうして、ついにやってきた死の影《かげ》におびえる老《お》いさらばえた姿《すがた》になってしまった。いまさら、マーサのためにしてあげることはほとんどないとは思いながら、エマはなにか助ける手段《しゅだん》がないか、だれかに相談しようとあわててその場を立ち去った。

夫《おっと》はすこしはなれた場所へ木の伐採《ばっさい》をしにいっていていないはずだが、自分よりこの老女《ろうじょ》のことをよく知っているだれかを見つけることができるかもしれない。しかし、仕事ではらっているのか、農場にはだれひとりいない。鳥たちはおもしろそうにエマのうしろをついてまわるし、ブタ小屋では、ブタたちが柵《さく》のむこうからなんだなんだとばかり鳴いてくる。けれども、納屋《なや》にも干《ほ》し草置《くさお》き場《ば》にも、果樹園《かじゅえん》にも馬小屋にも乳《ち》しぼり小屋にも、だれひとり見つからなかった。

キッチンにもどろうと足をむけたところで、みんなからミスター・ジムと呼《よ》ばれている、若《わか》いいとことでくわした。日頃《ひごろ》、馬の素人《しろうと》商売やウサギ狩《が》り、農場で働《はたら》くメイドたちとの色恋《いろこい》ざたざんまいの男だ。

「マーサが死にそうなの」エマはいった。ジムには遠まわしにいうより、はっきりいったほうがいい。

「バカバカしい。マーサは百まで生きるつもりだよ。ぼくにそういったし、実際《じっさい》にそうなるだろうね」

「いま、このときにも、死にかけてるかもしれない。もしかしたら、発作《ほっさ》でも起こしてるかも」エマは、若《わか》いいとこのにぶさにいらだちながらいった。

ミスター・ジムは人のよさそうな顔に、にんまりと笑顔《えがお》を浮《う》かべた。

「そんな風には見えないけどね」そういって、あごで庭のほうをさす。ふりむいたエマは、ミスター・ジムがなにをいおうとしているのか気づいた。

マーサは鳥の囲《かこ》いのまんなかで、大さわぎしている鳥たちに穀物《こくもつ》をまいていた。青銅《せいどう》のように輝《かがや》く羽と赤紫《あかむらさき》の肉だれを持つオスのシチメンチョウや、東洋風の金属的《きんぞくてき》な輝《かがや》きをたたえたシャモ、さまざまな色味の黄色の羽にまっ赤なトサカのニワトリ、深い緑の頭をしたカモなど、豊《ゆた》かな色合いの鳥たちのまんなかに立つ老婆《ろうば》は、色とりどりに咲《さ》き乱《みだ》れる花園に立つ、しなびた茎《くき》のようだ。

荒々《あらあら》しいくちばしがつつきあうなかで、てきぱきと穀物《こくもつ》を投げている老婆《ろうば》の声が、見つめているふたりのところまでとどいた。マーサはいまもまだ、農場にやってくる死神のことをくりかえし唱《とな》えていた。

「あたしにはわかるんだ。あれはお知らせだったのさ」

「なあ、ばあさん、いったい、だれが死ぬっていうんだい?」ミスター・ジムは大声でたずねた。

「ラドブルックの若旦那《わかだんな》だよ」甲高《かんだか》い声がかえってきた。「いまちょうど、若《わか》旦那《だんな》の死体を運んできたところだ。倒《たお》れてくる木からにげようとして、鉄の柱にぶつかったのさ。抱《だ》き起《お》こしたときには、もう手遅《ておく》れだったとさ。あたしにはわかってたのさ」

そういうとうしろをむいて、おくれてかけつけたホロホロチョウの群《む》れにむかって、手のひらいっぱいの大麦を投げた。

この農場は一族の財産《ざいさん》であり、先代の次の近親者であるウサギ狩《が》り好《ず》きのいとこがひき継《つ》ぐことになった。エマ・ラドブルックは、一家の歴史《れきし》から姿《すがた》を消した。開いた窓《まど》からまよいこみ、また出口を見つけてとんでいった一匹《ぴき》のハチのように。

あるうすら寒い灰色の朝、エマは自分の荷物を積《つ》んだ荷車のかたわらに立って、市場に出荷する農産物《のうさんぶつ》の用意がすむのを待っていた。エマが汽車の時間にまにあうかどうかより、売りにだされるニワトリやバター、卵《たまご》のほうがずっと大事なのだ。

エマの立っている場所からは、横に幅《はば》の広いあのキッチンの窓《まど》が見えた。カーテンをつけて花びんに明るい花を飾《かざ》れば、とても居心地《いごこち》よくなったはずのあの場所だ。

エマの心のなかに、ある考えが浮《う》かんだ。それは、何か月後、あるいは何年か後、自分がすっかり忘《わす》れ去られてしまっても、青白いうつろな顔があの窓《まど》から外をのぞき、弱々しいつぶやき声が敷石《しきいし》の床《ゆか》の上をいったりきたりしているのではないか、という思いだった。

エマは農場の食料保管室《しょくりょうほかんしつ》に通じる格子《こうし》のはまった窓《まど》のほうに歩《あゆ》み寄《よ》った。マーサ婆《ばあ》さんは、テーブルの前に立って、市場の屋台にだすニワトリをしばっていた。もう八十年もしばりつづけてきたやり方で。

メスオオカミ

レナード・ビルシターは、自分の生きている世界をおもしろいと思えず、その代わりに、自分の経験《けいけん》や空想からでっちあげた「まだ見ぬ世界」に足を踏《ふ》みいれるような人間のひとりだった。子どもがよくやるようなことだ。ただ、子どもは自分だけで満足《まんぞく》する。わざわざ一般《いっぱん》受けするようにおとしめてまで、他人におしつけはしない。レナード・ビルシターは自分の信《しん》じる世界を、「選《えら》ばれた少数」に語ってきかせた。いいかえれば、レナードの話をきいてくれる人ならだれでも、ということだ。

もともとは、なまかじりの与太話《よたばなし》ほどのものだったのに、たまたま、神秘学《しんぴがく》的《てき》な知識《ちしき》を補強《ほきょう》する強運にめぐまれた。レナードはウラル地方の鉱山《こうざん》に関心《かんしん》を持つ友人にくっついて、東ヨーロッパ横断《おうだん》の旅へでかけた。

ときはあたかも、ロシア鉄道のストライキが、ただのおどしから現実《げんじつ》になろうとしている時期だった。そしてついに、旅のさなかにストライキが起こった。おかげで、ロシア西部のペルミあたりの田舎駅《いなかえき》で、数日、足止めされてしまい、そこで馬具や金物をあつかう商人と知り合いになった。その商人は、ひまつぶしにこのイギリス人旅行者に、シベリアの商人や地元民《じもとみん》からききかじった民間《みんかん》伝承《でんしょう》の断片《だんぺん》を教えてやったというわけだ。

帰国したレナードは、ロシアのストライキについては、うるさいほどまくしたてたものの、「シベリアの魔術《まじゅつ》」をちらちらほのめかすだけで、その暗い神《しん》秘《ぴ》については、重苦しいほど口を閉《と》ざしていた。

しかし、それも一、二週間ほどのことで、まわりがぜんぜん興味《きょうみ》を示《しめ》してくれないものだから、奥義《おうぎ》をきわめたものだけが使うことができるという神秘的《しんぴてき》な力について、くわしく語りはじめた。

レナードの伯母《おば》、セシリア・フープスは、嘘《うそ》であれまことであれ、センセーショナルなことが大好《だいす》きで、レナードの能力《のうりょく》について、これ以上《いじょう》はないというほど大げさに話を広げてくれた。レナードが、目の前でカボチャを鳩《はと》に変《か》えたといいふらしたのだ。ただし、この超自然的《ちょうしぜんてき》な能力《のうりょく》については、どうせミセス・フープスの想像力《そうぞうりょく》が生みだしたものだろうと、話半分にきく人も多かった。

レナードが本物の力を持っているのか、はたまた、ただのはったり屋なのかという点については意見が分かれたが、メアリー・ハンプトンのハウス・パーティに姿《すがた》をあらわしたときには大評判《だいひょうばん》になっていた。そして、レナードも、そんな評判《ひょうばん》をわざわざ否定《ひてい》するような人間ではない。レナードやレナードの伯母《おば》がいる場所では、とうぜんのことながら、神秘的《しんぴてき》な力が話題の中心になり、彼《かれ》自身が過去《かこ》におこなったとされる実演《じつえん》や、やろうと思えばできるということもほのめかされた。

「ビルシターさん、わたしをオオカミに変《か》えてくださらない？」レナードが到《とう》着《ちゃく》した次の日の昼食の席《せき》で、パーティの主催者《しゅさいしゃ》、メアリー・ハンプトンがいった。

「なんてことをいうんだい、メアリー」夫《おっと》のハンプトン大佐《たいさ》がいう。「きみにそんなあこがれがあるなんて、知らなかったな」

「もちろん、メスオオカミよ」ミセス・ハンプトンはつづける。「一度に種《しゅ》だけじゃなくて性別《せいべつ》まで変《か》えてしまうと、ややこしくなりすぎるでしょうからね」

「冗談《じょうだん》で口にするようなことではないと思いますがね」レナードはいった。

「あら、冗談《じょうだん》なんかじゃないわ。わたしは大まじめよ。だけど、今日はやめておいてね。ここにはブリッジのできる人が八人しかいないもの。ひとり欠《か》けたら、二グループに分かれてできなくなってしまう。明日《あす》なら、もっと人がふえてるからだいじょうぶ。明日《あす》の夜、ディナーのあとにでも……」

「この神秘的《しんぴてき》な力について、いまはまだ、ちゃんと理解《りかい》しているわけではありません。けっしてお遊びでやるようなことではないんです」レナードがきっぱりいったので、話はそこで終わった。

クロービス・サングレイルは、シベリアの魔術《まじゅつ》について盛《さか》んに意見がかわされているあいだは、いつになくおとなしくしていた。ランチのあと、クロービスは、パブハム卿《きょう》を人目のすくないビリヤード室につれだして、質問《しつもん》をした。

「パブハム卿《きょう》は、ご自慢《じまん》の野生動物のコレクションのなかに、メスオオカミをお持ちではありませんか？　おとなしいメスオオカミがいいんですが」

パブハム卿《きょう》はしばらく考えて答えた。「ルイーザがいるな。とてもりっぱなシンリンオオカミでね。ホッキョクギツネ何頭かと交換《こうかん》に、二年前に手にいれたんだ。わたしのところにやってきた動物は、どれもすぐおとなしくなる。ルイーザもオオカミにしては天使のようだよ。だが、どうしてそんなことをたずねたんだね？」

「明日《あす》の夜、そのオオカミをお貸《か》しいただけないかと思いましてね」クロービスがいう。カラーボタンかテニス・ラケットを借《か》りるような気やすい口調だ。

「明日《あす》の夜かね？」

「そうです。オオカミは夜行性《やこうせい》の動物ですから、遅《おそ》い時間でも問題はないでしょ」あらかじめ、いろいろと考えているような口ぶりだ。「まずは、日が暮《く》れたら、あなたの使用人にパブハム公園からつれてこさせてください。だれかに手伝《てつだ》わせれば、メアリー・ハンプトンが姿《すがた》を消したのと同時に、ルイーザを温室に登場させることはできますよね？」

パブハム卿《きょう》はしばらくのあいだ、あっけにとられたようにクロービスを見つめていたが、やがて、顔をしわくちゃにして笑《わら》い声《ごえ》をあげた。

「なるほど、そういうことか。きみは、きみなりにシベリア魔術《まじゅつ》をやってみせようっていうんだな。もちろん、ミセス・ハンプトンも共犯《きょうはん》なんだね？」

「メアリーもよろこんでやるっていってます。心配なのはルイーザの気性《きしょう》だけです」

「それなら、わたしが保証《ほしょう》するよ」パブハム卿《きょう》が答えた。

翌日《よくじつ》、ハウス・パーティのメンバーは大幅《おおはば》にふえていた。人がふえて舞《ま》い上《あ》がったのか、レナード・ビルシターの自己宣伝欲《じこせんでんよく》もまた、大きくふくれ上がっていた。ディナーの席《せき》で、レナードは目に見えない力や未知《みち》の能力《のうりょく》についておおいに語った。カード室へ移動《いどう》する前にコーヒーを飲んでいるときにも、レナードの演説《えんぜつ》は衰《おとろ》えることなくますます雄弁《ゆうべん》になっていた。

レナードの伯母《おば》は、レナードの演説《えんぜつ》にいちいちうなずいておとなしくきいていたが、元来《がんらい》のセンセーショナル好《ず》きが高じて、ただのことばには満足《まんぞく》できなくなっていた。

「ねえ、レナード、みなさんにわかっていただくためにも、なにかしてみせてちょうだいな。なにかをべつのものに変《か》えてみせるとか。そうなんです、みなさん。その気になれば、レナードにはそんなことができるんですよ」

「ぜひ、お願《ねが》い」メービス・ペリントン嬢《じょう》が熱心《ねっしん》にいった。それにつられて、そこにいたほぼ全員が賛成《さんせい》の声をあげた。そのなかには、レナードのいっていることなどまるで信《しん》じていないくせに、素人《しろうと》マジックでも楽しむつもりの連中《れんちゅう》もいた。

レナードは、いやおうなく、なにか不思議《ふしぎ》なことをしてみせなくてはいけないと感じていた。

「どなたか、コインをお持ちじゃありませんか？　それと、特《とく》に価値《かち》のない、なくしてもいいようなものを……」

「まさか、コインを消してみせる、なんていう幼稚《ようち》な手品をするつもりじゃないだろうな」クロービスがバカにしたようにいった。

「わたしをオオカミに変《か》えてってお願《ねが》いしたのに、きいてくださらないなんてひどいわ」メアリー・ハンプトンが、いつものようにインコにデザートの残《のこ》りをあたえようと、温室にむかって歩きながらいった。

「このような力は、ふざけ半分で使うものではないと、昨日《きのう》もお話しましたよね」レナードが重々しくいう。

「どうせ、あなたになんかできっこないんでしょ」メアリーは、温室から、挑《ちょう》発《はっ》するように笑《わら》い声《ごえ》をひびかせた。「できるものならやってみせてよ。わたしをオオカミに変《か》えてみせなさいよ」

そういいながら、メアリーはアザレアのやぶの陰《かげ》に姿《すがた》を消した。

「ミセス・ハンプトン、あなたは……」さらに重々しく話しはじめたレナードの声が、途中《とちゅう》でぴたりと止まった。冷《つめ》たい空気が部屋《へや》中をかけぬけたかと思ったのと同時に、インコが耳をつんざくような声をあげた。

「なあ、メアリー、その鳥は、いったいなんでさわいでるんだ?」ハンプトン大佐《たいさ》が大きな声でたずねた。それと同時に、メービス・ペリントンがインコよりもさらに耳ざわりな悲鳴《ひめい》をあげたため、一同が思わず席《せき》を立ってかけだした。シダやアザレアの茂《しげ》みのなかに、おそろしげな灰色の野獣《やじゅう》がこちらをにらみつけるように立っている。一同は、それぞれ恐怖《きょうふ》と防御本能《ぼうぎょほんのう》とでさまざまな反応《はんのう》を見せながら、その野獣《やじゅう》とむきあった。

極度《きょくど》の混乱《こんらん》と恐怖《きょうふ》、そして困惑《こんわく》から最初《さいしょ》に立ち直ったのはミセス・フープスだった。

「レナード！」ミセス・フープスは甥《おい》にむかって金切り声をあげた。「いますぐ、ミセス・ハンプトンにもどしなさい！　わたしたちにおそいかかってきたらどうするの。はやくもどしなさい！」

「ぼ、ぼくは、どうしたらいいのか知らないんです」ほかのだれよりも恐怖《きょうふ》ですくみ上がっているように見えるレナードが、口ごもりながら答えた。

「なんだと！」ハンプトン大佐《たいさ》が叫《さけ》ぶ。「わたしの妻《つま》を勝手にオオカミに変《か》えておきながら、落ち着きはらって、元にもどせません、というのか！」

公平に見れば、そのときのレナードの態度《たいど》は、だれがどう見ても「落ち着きはらって」いるようではなかったが。

「ですが、ミセス・ハンプトンをオオカミに変《か》えたのは、誓《ちか》ってぼくじゃありません。そんなこと、考えてもいませんん」レナードがいいかえす。

「それじゃあ、妻《つま》はどこにいるというんだ。それに、このけだものは、いったいどうやって温室にしのびこんだというつもりなんだ?」大佐《たいさ》は食い下がる。

「きみがミセス・ハンプトンをオオカミに変《か》えたんじゃないというのなら、もちろん、ぼくたちもそれを信《しん》じなきゃいけないだろうね」クロービスが冷静《れいせい》にいった。「ただ、それがむずかしいってことも、きみにはわかるだろ?」

「なにをごちゃごちゃいってるの! そこに立ってるけだものは、いまにもわたしたちをばらばらに切《き》り裂《さ》こうとしてるのよ」メービスがはげしく泣《な》きわめく。

「パブハム卿《きょう》、あなたは野生の動物のあつかいについて、よくご存知《ぞんじ》なのでは……」ハンプトン大佐《たいさ》がいった。

「わたしが慣《な》れ親《した》しんでいる野生の動物には、有名な業者の信頼《しんらい》できる保証《ほしょう》がついてるからね。そうでなければ、わたしのところで育て上げたものばかりなんですよ。これまで、アザレアのやぶからぶらっと歩みでてきた動物とでくわしたことなどないからなあ。しかも、チャーミングで人気者のミセス・ハンプトンが、どうなったのかもわからない。ざっと見たところでは、とても発育のいい、メスオオカミのようだね。北アメリカ産《さん》のシンリンオオカミですよ。学名でいえば、カニス・ループスの一種《しゅ》で……」

「ラテン語の名前なんてどうでもいいの」オオカミが部屋《へや》のなかに一、二歩はいってきたのを見て、メービスが叫《さけ》ぶ。「餌《えさ》でおびきよせるかどうかして、安全なところに閉《と》じこめられないの？」

「もし、このオオカミがほんとうにミセス・ハンプトンなのだとしら、たっぷりディナーを召《め》し上《あ》がったあとだから、食べ物でつるのはむずかしいんじゃないかな」クロービスがいう。

「レナード」ミセス・フープスが目に涙《なみだ》を浮《う》かべて訴《うった》える。「もし、あなたがしたことじゃないんだとしても、このおそろしいけだものがわたしたちにかみつく前に、あなたの偉大《いだい》な力を使って、なにか害《がい》のない動物に変《か》えられないの？　ウサギとか」

「ハンプトン大佐《たいさ》は、奥《おく》さんをくるくるいろんな動物に変《か》えられるのをおよろこびにはならないと思うけどね」クロービスが口をはさんだ。

「断《だん》じて許《ゆる》さん！」大佐《たいさ》が雷《かみなり》のように声を響《ひび》かせた。

「わたしが知っているオオカミの大半は、砂糖《さとう》をとても好《この》んでおったがね」パブハム卿《きょう》がいう。「もし、よければ、わたしがためしてみようか」

パブハム卿《きょう》は、自分のコーヒーカップにそえられていた角砂糖《かくざとう》を一粒《つぶ》手に取ると、物欲《ものほ》しげなルイーザに投げてやった。ルイーザは空中でぱくりと受けとめた。だれかが、ほっとしたようにため息をつく。インコぐらいばらばらに切《き》り裂《さ》いてもおかしくないときに、オオカミが砂糖《さとう》を食べたことで、一同の恐怖《きょうふ》がすこしやわらいだ。

パブハム卿《きょう》がもっと角砂糖《かくざとう》をあたえるようなふりをしながら、オオカミを部《へ》屋《や》からつれだしたときには、ため息は感謝《かんしゃ》の嘆息《たんそく》にかわった。一同はどっと温室にかけこんだ。インコの餌《えさ》をのせた皿以外《いがい》に、ミセス・ハンプトンの痕跡《こんせき》はなにひとつなかった。

「このドアは内側《うちがわ》からロックされてるぞ!」ドアを調べるふりをしながら、すばやくロックをかけたクロービスが叫《さけ》んだ。

全員がレナード・ビルシターをふりむく。

「きみがわたしの妻《つま》をあのオオカミに変《か》えたのではないのなら、妻《つま》がどこに消えたのか、わかりやすく説明《せつめい》してもらおう」ハンプトン大佐《たいさ》がいう。「妻《つま》が、ロックされたドアを通って外にでられないのは、明らかなのだからな。北アメリカ産《さん》のシンリンオオカミがなぜとつぜん、温室にあらわれたのか、その説明《せつめい》はどうでもいいが、わたしの妻《つま》になにがあったのかを問いただす権利《けんり》は、わたしにあると思うがね」

レナードが何度も「ぼくじゃない」といいつづけるので、だれもがいらいらと「信《しん》じられない」とつぶやいた。

「この家にはあと一時間だっていたくありません」メービス・ペリントンが宣言《せんげん》した。

「もし、ミセス・ハンプトンが人間の姿《すがた》でなくなってしまったのなら、ご婦人《ふじん》がたは、だれひとりここに残《のこ》らないでしょう」ミセス・フープスがいった。「オオカミのもてなしを受けるなんて、まっぴらごめんですからね！」

そのとき、メアリー・ハンプトンが、とつぜん、姿《すがた》をあらわした。

「だれかに催眠術《さいみんじゅつ》をかけられたみたいなの」ミセス・ハンプトンはぷんぷんしながらいう。「気づいたのは食料貯蔵庫《しょくりょうちょぞうこ》よ。パブハム卿《きょう》から角砂糖《かくざとう》を食べさせてもらってたわ。わたしは催眠術《さいみんじゅつ》は大きらいなの。それに、医者から砂糖《さとう》は禁《きん》じられてるのに」

なにが起こったのか、ミセス・ハンプトンは説明《せつめい》をきかされた。あまりにもおかしな話で、とても説明《せつめい》と呼《よ》べるようなものではなかったが。

「ということは、あなたはほんとうにわたしをオオカミに変《か》えてくださったの？　ねえ、ビルシターさん」ミセス・ハンプトンは興奮《こうふん》したようにいう。

しかし、レナードは、栄光《えいこう》の海へとこぎだせたはずのボートを、自らの手で焼《や》きはらってしまったあとだった。レナードはただ弱々しく、首を横にふるだけだ。

「実はぼくだったんですよ」クロービスがいった。「ぼくは以前《いぜん》、北東ロシアで二年ほど暮《く》らしたことがありましてね。その際《さい》、どこかの旅行者とはちがって、その地方の魔術《まじゅつ》と深くかかわりを持ったんです。あの不思議《ふしぎ》な能力《のうりょく》について、しゃべりちらすのは勝手です。でも、あんまり、ひどいでたらめばかりなんで、本物の力を見せつけてやろうという気になってしまったんですよ。その力を真に理解《りかい》する手によってね。その誘惑《ゆうわく》に勝てませんでした。ブランディをいただけませんか。この能力《のうりょく》を使うと、とても疲《つか》れてしまうんです」

　レナード・ビルシターがクロービスをゴキブリに変《か》える力を持っていたとしたなら、その瞬間《しゅんかん》、よろこんでやったことだろう。そして、そのゴキブリをその場で踏《ふ》みつぶしたことだろう。

開《ひら》いた窓《まど》

「伯母様《おばさま》はすぐにおりてくると思いますよ、ナトルさん」十五歳《さい》にしてはずいぶん落ち着いたその娘《むすめ》はいった。「それまでは、わたしとおしゃべりでもしてましょう」

フラントン・ナトルは、これから姿《すがた》をあらわすこの娘《むすめ》の伯母《おば》さんに失礼《しつれい》がないような、それでいて目の前の娘《むすめ》をよろこばせるような、気のきいたことをいわなければとあれこれ必死《ひっし》で考えた。

こんな風に、赤の他人を訪《たず》ね歩くことが、現在《げんざい》取り組んでいる神経病《しんけいびょう》の治療《ちりょう》に役に立つんだろうか？

「どうなるか、わかってるわよ」このひなびた田舎《いなか》にやってくる準備《じゅんび》をしているとき、姉がいったことばがよみがえる。「あなたはね、だれとも話さずに埋《う》もれてしまって、これまでないってぐらいにふさぎこむことになるのよ。まあ、わたしの知り合い全部に、紹介状《しょうかいじょう》は書いてあげるけど。なかにはすてきな人たちもいたと思うし」

フラントンは、これからその紹介状《しょうかいじょう》を手わたすミセス・サプルトンが、すてきな人たちのなかにはいっているのかどうか気になった。

「このあたりに、お知り合いは多いんですか？」フラントンがいつまでも話しはじめないので、娘《むすめ》がたずねてきた。

「いいえ、ぜんぜん」フラントンは答えた。「四年ほど前に、こちらの牧師館《ぼくしかん》に滞在《たいざい》していた姉が、紹介状《しょうかいじょう》を書いてくれたものですから」

フラントンは、早くも紹介状《しょうかいじょう》なんか書いてもらわなければよかったと思っていた。

「ということは、伯母様《おばさま》のことは、ほとんどなにもご存《ぞん》じないんですね？」落ち着いたようすの娘《むすめ》は念《ねん》をおす。

「お名前とご住所だけです」フラントンは、ミセス・サプルトンのご主人が健在《けんざい》なのかどうかも知らなかった。ただ、室内のようすから、なんとなく、男性《だんせい》が住んでいる感じはする。

「伯母様《おばさま》にとんでもない悲劇《ひげき》がおそったのは三年前のことでした。お姉様《ねえさま》がお帰りになったあとのことです」

「とんでもない悲劇《ひげき》、ですか？」こんな静《しず》かな田舎《いなか》に、悲劇《ひげき》ということばはふさわしくない気がする。

「十月の夕方だというのに、どうして窓《まど》をあけっぱなしにしているのか、不思《ふし》議《ぎ》に思うでしょ？」屋敷《やしき》の裏《うら》の芝生《しばふ》にそのままでられるようになっている大きなフランス窓《まど》は、開いたままだった。

「今ごろの時期にしては、ずいぶんあたたかいからでしょ？　だいたい、この窓《まど》と悲劇《ひげき》になにか関係《かんけい》があるんですか？」

「三年前のちょうど今日《きょう》、伯母様《おばさま》の夫《おっと》とふたりの弟が、あの窓《まど》から狩《か》りへとでかけていきました。三人はそのまま帰ってきませんでした。荒野《こうや》をよこぎってお気にいりのシギの猟場《りょうば》へむかうとちゅう、三人は沼《ぬま》にはまってしまったんです。あの夏は、とても雨が多い年でした。いつもの年ならなんでもない場所が、とつぜん変《か》わってしまって……。結局《けっきょく》、死体も見つかっていません。なんともむごい話ですよね」それまで落ち着きはらっていた声が、しどろもどろになっている。「かわいそうに、伯母様《おばさま》は、三人がいつか帰ってくるって信《しん》じてるんですよ。いっしょにいなくなった小さな茶色のスパニエル犬といっしょにね。いつもそうだったように、あの窓《まど》から。それであの窓《まど》は、毎晩《まいばん》暗くなるまで、ああやってあけっぱなしになっているんです。伯母様《おばさま》はでかけていったときの三人のようすを、いつも話してくれます。伯父様《おじさま》は白い防水《ぼうすい》コートを腕《うで》にかけ、いちばん下の弟ロニーは、いつも伯母様《おばさま》をからかうときにうたう『バーティー、なぜはねる?』をうたってたんですって。伯母様《おばさま》はその歌がきらいだったの。実をいうとね、いまみたいに静《しず》かな夜には、わたしも、あの窓《まど》を通って三人が帰ってくるんじゃないかって、背筋《せすじ》が寒くなることが……」

彼女《かのじょ》は、ぶるっとふるえてことばをきった。ありがたいことに、そこへミセス・サプルトンが、遅《おそ》くなったことをさんざんあやまりながら部屋《へや》にかけこんできた。

「ベラはちゃんとお相手ができたかしら?」ミセス・サプルトンがいった。

「ええ、とてもおもしろい話をきかせてもらいました」フラントンは答える。

「窓《まど》があきっぱなしでごめんなさいね」ミセス・サプルトンは明るくいう。「もうじき、夫《おっと》と弟たちが狩《か》りからもどってくるのよ。いつもあそこからはいってくるの。今日《きょう》は、沼《ぬま》のほうに、シギを撃《う》ちにいってるから、帰ってきたら、カーペットが泥《どろ》だらけになっちゃうわね。男の人って、みんなそうなんだから」

ミセス・サプルトンは、狩《か》りのことや、今年《ことし》は鳥がすくないこと、この冬のカモ猟《りょう》の見通しなどを陽気にまくしたてた。フラントンは身の毛がよだつ思いだった。必死《ひっし》で話題を変《か》えようとしてなんとか成功《せいこう》したものの、夫人《ふじん》はうわの空で、その視線《しせん》は自分を通《とお》り越《こ》して、開かれた窓《まど》の外、芝生《しばふ》のあたりばかりにむいている。悲劇《ひげき》の記念日《きねんび》にちょうどこのこやってくるなんて、なんて運が悪いんだろう。

「どの医者からも完全《かんぜん》な休養《きゅうよう》が有効《ゆうこう》だといわれました。興奮《こうふん》するような場面を避《さ》け、はげしい運動も一切禁止《いっさいきんし》です」フラントンは、赤の他人や通りすがりの知り合いは、病気の話が大好《だいす》きで、病気の原因《げんいん》や治療法《ちりょうほう》まで、ことこまかに知りたがるものだと思いこんでいた。「ただ、食事に関《かん》しては、医者のあいだでも意見が一致《いっち》しているわけではないんですけどね」

「あら、そうなの？」ミセス・サプルトンは、あくびまじりのまのぬけた声をだした。だが、とつぜん、ぱっと表情《ひょうじょう》を明るくしてしゃんとした。フラントンのことばに対してではなかったが。

「やっと帰ってきた！」夫人《ふじん》が叫《さけ》ぶ。「ちょうど夕食にまにあったわね。あらまあ、顔まで泥《どろ》んこだわ！」

フラントンは小さく身をふるわせ、同情《どうじょう》をこめた表情《ひょうじょう》で娘《むすめ》のほうに目をむけた。ベラは恐怖《きょうふ》におののいたような目で、開かれた窓《まど》の外をぼうぜんと見つめている。ことばにできないようなショックを受けたフラントンは、すわったまま身をひるがえして、自分もおなじ方向に目をむけた。

夕闇《ゆうやみ》が深まるなか、三人の人影《ひとかげ》が芝生《しばふ》を通って窓《まど》にむかって歩いてくる。それぞれ脇《わき》の下《した》に銃《じゅう》を抱《かか》え、そのうちのひとりは白いコートを肩《かた》にかついでいる。疲《つか》れたようすの茶色いスパニエル犬が、ぴたりと三人のあとについている。音も立てずに家に近づいてくるが、とつぜん、「バーティ、なぜはねる？」という歌声が闇《やみ》を通してきこえてきた。かすれた若《わか》い声だ。

フラントンはあわててステッキと帽子《ぼうし》をつかむと、玄関《げんかん》のドア、砂利《じゃり》をしいた玄関前《げんかんまえ》の通路、屋敷《やしき》の正面の門と、ほとんど無意識《むいしき》にかけぬけて姿《すがた》を消してしまった。自転車で通りかかった男は、ものすごいいきおいでやってきたフラントンを避《さ》けようと、生垣《いけがき》につっこんでしまった。

「ただいま」白い防水《ぼうすい》コートをかついでいた男が、窓《まど》からはいってきながらいった。「泥《どろ》だらけになったけど、ほとんどかわいちゃってるよ。ところで、ぼくらが近づいたらあわててとびだしていったのは、だれだったんだい？」

「ほんとに変《へん》な人ねえ。ナトルさんよ」ミセス・サプルトンが答える。「自分の病気のことばかり話してると思ったら、あなたの姿《すがた》を見たとたん、さよならもいわずにいっちゃったわ。まるで幽霊《ゆうれい》でも見たみたいに」

「きっと、犬のせいだと思うな」ベラが落ち着いていう。「あの人、犬がこわいっていってたから。前に一度、ガンジス河《がわ》の土手で、野良犬《のらいぬ》の集団《しゅうだん》に追いかけまわされて、墓場《はかば》ににげこんだことがあったんだって。それで、掘《ほ》りたての墓穴《はかあな》のなかで、吠《ほ》えたり、うめいたり、よだれをたらしたりする犬に囲《かこ》まれて一晩《ひとばん》過《す》ごしたらしいの。神経《しんけい》が参《まい》っちゃうのもとうぜんよね」

その場で、でまかせの物語をつむぎだすのは、ベラの得意《とくい》とするところだ。

トバモリー

それは八月末《まつ》の雨上がりの肌寒《はださむ》い午後のことだった。狩《か》りの獲物《えもの》のなにもない中途半端《ちゅうとはんぱ》な時期で、ヤマウズラはまだ安全な場所に身をひそめているか、冷蔵庫《れいぞうこ》におさまっているかのどちらかだ。ただし、北へむかってブリストル湾《わん》あたりにでかければ話はべつで、そこでなら、だれにも遠慮《えんりょ》しないでふっくら肥《こ》えたアカシカのあとを追いかけることもできるだろう。アデレード・ブレムリー夫人《ふじん》のハウス・パーティが開かれている屋敷《やしき》は、ブリストル湾《わん》の近くにあるわけではないので、その日の午後、ティーテーブルのまわりには、ひまをもてあましたたくさんの人が集まっていた。

中途半端《ちゅうとはんぱ》な時期のパーティにもかかわらず、たいくつのあまり自動ピアノでもきかされるんじゃないかとうんざりする気分や、はやくブリッジをしたくてうずうずしているような雰囲気《ふんいき》はない。一同はおどろきあきれた気持ちをかくしもせず、地味でぱっとしないコーネリアス・アピン氏《し》を見つめていた。

招待客《しょうたいきゃく》のなかで、アピン氏《し》ほど素性《すじょう》のはっきりしない人はいない。だれかが氏《し》のことを「賢人《けんじん》」とうわさしたため招待《しょうたい》されたのだが、招待《しょうたい》したブレムリー夫人《ふじん》も、その賢人《けんじん》ぶりをちょっとでも発揮《はっき》して、みんなを楽しませてくれればめっけものだ、くらいに思っていた。

しかし、その日のお茶の時間まで、アピン氏《し》には賢人《けんじん》の片《へん》りんもなかった。気のきいたおしゃべりができるわけでなし、クロッケーのチャンピオンでもない。不思議《ふしぎ》な魅力《みりょく》を身につけているわけでも、素人芝居《しろうとしばい》の座長《ざちょう》でもない。そして、女性《じょせい》が頭の悪さを大目に見てあげる気になるような容姿《ようし》でもなかった。氏《し》は、すぐにただのアピン氏《し》として埋《う》もれてしまい、コーネリアスという名前も、不釣《ふつ》り合《あ》いにりっぱだと考えられるようにさえなった。

ところが、そのアピン氏《し》が、火薬や印刷《いんさつ》、蒸気機関《じょうききかん》の発明までもが、ほんのささいなものに見えるような大発見について、いままさに発表したところだった。ここ数十年で、あらゆる分野で科学が大きな飛躍《ひやく》をとげてきたが、自分の発見は、科学の成果《せいか》というよりは奇跡《きせき》の領域《りょういき》に属《ぞく》するものだとアピン氏《し》はいう。

「そんなことを、本気で信《しん》じろというのかね?」ブレムリー夫人《ふじん》の夫《おっと》、ウィルフレッド卿《きょう》がいった。「動物に人間のことばを話させる方法《ほうほう》を見つけただってそして、うちのトバモリーが、最初《さいしょ》の成功例《せいこうれい》だと？」

「わたしはこのテーマに十七年ものあいだ取り組んでまいりました」アピン氏《し》がいう。「ところが、輝《かがや》かしい成功《せいこう》の糸口をつかんだのは、ほんの八、九か月前のことです。もちろん、何千という動物でためしてきたのですが、最近《さいきん》はネコ一本にしぼっていました。ネコはおどろくべき動物です。高度に発展《はってん》した野生の本能《ほんのう》を維持《いじ》したまま、われわれの文明をみごとに吸収《きゅうしゅう》してきたのです。ネコたちのなかには、ときどき人間と変《か》わらないほどすばらしい知性《ちせい》を持ったものが見つかりますが、一週間前にこのお屋敷《やしき》でトバモリーと出会った瞬間《しゅんかん》、ネコをこえたおどろくべき知性《ちせい》を持っていることがわかりました。これまで、成《せい》功《こう》まであと一歩のところまできていたのですが、トバモリーのおかげで、ついにゴールに到達《とうたつ》したのです」

こうしてアピン氏《し》は、懸命《けんめい》に興奮《こうふん》をおさえるような調子で、ありえないような発表を終えた。

「バカバカしい」と口にしたものはいなかったものの、すくなくともクロービスのくちびるは、そのように動いていたようだ。

「ということは、つまり」しばらくして、ミス・レスカーがいった。「あなたはトバモリーに、人間のことばを二言三言、いわせたり、理解《りかい》させたりすることに成功《せいこう》したってことなんですか?」

「いえいえ、ミス・レスカー」奇跡《きせき》の人アピン氏《し》は、いいふくめるようにいった。「小さな子どもや未開人《みかいじん》、はたまた知恵《ちえ》の足りない大人になら、そんな教え方もするでしょう。しかし、相手は高度に発達《はったつ》した知性《ちせい》を持つ動物です。いったんことばを教える障害《しょうがい》になっていた問題を解決《かいけつ》してしまえば、そんなまどろっこしい方法《ほうほう》などまったく必要《ひつよう》ないのです。トバモリーはわれわれの言語を完璧《かんぺき》に使いこなしますよ」

今度ばかりは、クロービスもはっきりと声にだしていった。「バカも休み休みにしろ!」

ウィルフレッド卿《きょう》はもっと上品なことばではあるが、おなじように疑問《ぎもん》をさしはさんだ。

「トバモリーをつれてきて、わたしたち自身で判断《はんだん》しましょうよ」ブレムリー夫人《ふじん》が提案《ていあん》した。

ウィルフレッド卿《きょう》がトバモリーをさがしにいき、一同は腹話術《ふくわじゅつ》の茶番を見せられるのかと、各々《おのおの》椅子《いす》にすわったままうんざりしたように待った。

まもなくウィルフレッド卿《きょう》が部屋《へや》にもどってきた。顔は青ざめ、興奮《こうふん》で目を見開いている。

「なんてことだ、あれはほんとうだったぞ！」

卿《きょう》の興奮《こうふん》が心からのものだと感じ取って、みんなは一気に好奇心《こうきしん》をかきたてられた。

ひじかけ椅子《いす》にどさりとすわりこむと、ウィルフレッド卿《きょう》は息もつがずにつづける。「喫煙室《きつえんしつ》で居眠《いねむ》りしているトバモリーを見つけて、『いっしょにお茶はどうかね？』と話しかけてみたんだ。すると、いつものようにまばたきしながらわたしを見つめる。わたしはさらに『さあ、トビー、いこう。みんな待ってるんだ』といった。するとどうだ！　やつはおそろしいほど自然《しぜん》な声で『その気になったらね』といったんだ！　わたしはとび上がりそうになったよ」

アピン氏《し》の演説《えんぜつ》はだれもまともに取りあわなかったが、ウィルフレッド卿《きょう》がいうとなると、信《しん》じざるをえない。たちまち、いっせいにおどろきの声をあげて大混乱《だいこんらん》となる。そのさなか、当の科学者アピン氏《し》は、とてつもない発見がもらたす最初《さいしょ》の果実《かじつ》を、ひとりじっくり味わっていた。

そこへトバモリーが部屋《へや》にはいってきた。しゃなりしゃなりと進みながら、ティーテーブルを囲《かこ》んですわる人々をさも関心《かんしん》なさげにながめやる。

たちまち、一同は気まずく口を閉《と》ざした。ことばを話すネコと、おなじ言語であいさつすることにとまどっているようだ。

「トバモリー、ミルクをいかが？」ブレムリー夫人《ふじん》がいささか緊張《きんちょう》した声でたずねた。

「よろしければ、いただきます」無関心《むかんしん》といってもいいような口調でそう答えた。それをきいた人々のあいだに、興奮《こうふん》からくる身ぶるいが走った。ブレムリー夫人《ふじん》は手をふるわせながら、皿にいっぱいミルクを注《そそ》ぎいれた。

「たくさんこぼしてしまったわ、ごめんなさいね」ブレムリー夫人《ふじん》がもうしわけなさそうにいう。

「べつに、ぼくの絨毯《じゅうたん》ってわけじゃなし」それがトバモリーの答えだった。

みんなはまたいっせいにだまりこむ。そこへミス・レスカーが、精一杯《せいいっぱい》ていねいに、人間のことばを覚《おぼ》えるのはむずかしかったか、とたずねた。トバモリーはミス・レスカーをぎろっとにらみつけると、ふと視線《しせん》をはずして遠くを見つめる。明らかに、くだらない質問《しつもん》には、いちいち答えていられないという態度《たいど》だ。

「人間の知性《ちせい》についてはどう思われます？」メービス・ペリントンが、おそるおそるたずねる。

「具体的《ぐたいてき》に、だれの知性《ちせい》のことです？」トバモリーが冷《つめ》たくいう。

「それじゃあ、たとえば、わたしの」メービスは弱々しく笑《わら》いながらいった。

「そんなことをたずねられると、困《こま》っちゃいますね」ちっとも困《こま》ったふうではない。「このハウス・パーティにあなたを招待《しょうたい》しようって話がでたとき、ウィルフレッド卿《きょう》は反対したんですよ。知り合いのなかで、あんなに頭の悪い女はいない。もてなすのと、阿呆《あほう》の世話とじゃ大ちがいだとおっしゃってね。ブレムリー夫人《ふじん》は、阿呆《あほう》だから招待《しょうたい》するんじゃないのと答えましたよ。あのぼろ車を売りつけられるほど頭の悪い人は、ほかにだれもいないでしょうってね。あの車も、うしろからおしてやれば、ちゃんと丘《おか》にも登るでしょう」

ブレムリー夫人《ふじん》がいくらそんなことはいっていないといいはってもむだだった。というのも、ちょうどその日の朝、夫人《ふじん》はメービスに、その車のことを、デボンシャーの家で使うにはおあつらえむきよとほのめかしたばかりだったからだ。

バーフィールド少佐《しょうさ》が、話をそらそうと強い口調で口をはさんだ。

「そういえば、馬小屋でいちゃついてた三毛猫《みけねこ》とはどうなったんだい?」

少佐《しょうさ》がそういった瞬間《しゅんかん》、だれもがそれは大失敗《だいしっぱい》だと思った。

「あんまり人前でおおっぴらに話すようなこととは思えませんね」トバモリーは冷《つめ》たくいいはなつ。「あなたがこの家にいらしてからのようすを、わずかながら観察《かんさつ》させていただきましたが、あなたご自身の情事《じょうじ》に話題をうつすのは、あなたのためにはならないと想像《そうぞう》するのですがね」

そのことばがひき起こしたパニックは、少佐《しょうさ》だけにとどまるものではなかった。

「夕食が用意できたかどうか、見てきたらいかが？」ブレムリー夫人《ふじん》があわてて提案《ていあん》した。トバモリーの夕食までには、まだすくなくとも二時間はあるのに、気づかないふりをしての提案《ていあん》だった。

「ありがとう」トバモリーはいった。「お茶が終わったばかりなので、まだけっこうですよ。消化不良《しょうかふりょう》で死んだりしたくないですからね」

「ネコには九つの命があるというじゃないか」ウィルフレッド卿《きょう》が明るくいった。

「そうかもしれませんね」トバモリーは答える。「でも、肝臓《かんぞう》はひとつしかありませんから」

「アデレードったら！」ミセス・コーネットがブレムリー夫人《ふじん》にむかっていう。

「あなたは、このネコが使用人部屋《べや》にいって、ゴシップをまきちらすのをほうっておくつもりなの？」

それをきいて、パニックは一挙《いっきょ》に広がった。この屋敷《やしき》の寝室《しんしつ》の窓《まど》の外には、せまい装飾的《そうしょくてき》な手すりがついていて、トバモリーがお気にいりの散歩《さんぽ》コースとして、しじゅううろついているのを思い出したからだ。もっぱら、鳩《はと》を見張《みは》るためのようだったが、それ以外《いがい》にどんなものを目にしたかなど、神のみぞ知るだ。もしトバモリーが腹立ちまぎれにあれこれ話しはじめたりしようものなら、大混乱《だいこんらん》になるのはまちがいない。

整った顔立ちなのに顔の印象《いんしょう》がころころ変《か》わると評判《ひょうばん》のミセス・コーネットは、少佐《しょうさ》に負《ま》けず劣《おと》らず、居心地《いごこち》が悪そうだった。ひまさえあれば化粧台《けしょうだい》の前にへばりついているからだ。非常《ひじょう》に官能的《かんのうてき》な詩を書くくせに、実は潔癖《けっぺき》な生活を送っているミス・スクロウェンは、いらだちを見せた。きちんとした道徳的《どうとくてき》な私生活の人は、それはそれで、ほかの人に知られるのはいやなものだ。

十七歳《さい》にして堕落《だらく》した人生に足を踏《ふ》みいれ、長い年月、悪事のかぎりをつくしてきたバーティー・バン・ターンの顔色もさすがに青ざめた。ただ、オード・フィンズベリーのように、大あわてで部屋《へや》をとびだすというまちがいはおかさなかった。オード・フィンズベリーは牧師《ぼくし》になる勉強をしている若《わか》い紳士《しんし》で、きっと、ほかの人のスキャンダルをきかされるのがいやだったにちがいない。

クロービスはといえば、落ち着きはらった外面は保《たも》っていたものの、心中はおだやかではない。口止《くちど》め料《りょう》として、しゃれたネズミの詰《つ》め合《あ》わせを調達《ちょうたつ》するには、通販会社《つうはんがいしゃ》でどれぐらいかかるだろうと計算していた。

このように、微妙《びみょう》なときでさえ、うしろにひっこんだままではがまんできないのがアグネス・レスカーだ。

「わたしったら、いったいどうしてこんなところへきちゃったのかしら？」アグネスは大げさな身ぶりとともにそういった。

「昨日《きのう》、クロッケー場でミセス・コーネットに話してましたよね。あなたは食べものが目当てできたんでしょ？　ブレムリー家については、いっしょにいて、これほどたいくつな人たちはいないとおっしゃってましたしね。ただ、一流の料理人《りょうりにん》を雇《やと》うほどには賢《かしこ》いと。そうでなければ、だれだって二度とはやってこないだろうって」トバモリーがいう。

「そんなこと、嘘《うそ》です！　わたしはただ、ミセス・コーネットに……」すっかり取《と》り乱《みだ》したアグネスはそう叫《さけ》んだ。

「ミセス・コーネットはあなたのことばを、あとでそのままバーティー・バン・ターン氏《し》に話してきかせてましたよ」トバモリーがつづける。「それに、ミセス・コーネットは『アグネスったら、いつもおなかをすかせてるんだから。どこにいったって、日に四度はしっかり食事をとるのよ』ともおっしゃってました。それに対してバーティー・バン・ターン氏《し》は……」

そこまで話したところで、トバモリーは急に口をつぐんだ。牧師館《ぼくしかん》で飼《か》われている大きな黄色いネコがあらわれ、やぶをぬけて馬小屋のほうへ歩くのを目にしたからだ。トバモリーはあっというまにフランス窓《まど》から外へとびだしていった。

優秀《ゆうしゅう》すぎる愛弟子《まなでし》が姿《すがた》を消したとたん、コーネリアス・アピンは、きびしい非難《ひなん》と、不安《ふあん》げな質問《しつもん》、おびえたような訴《うった》えの嵐《あらし》にさらされた。責任《せきにん》はとうぜんアピン氏《し》にあるし、これ以上《いじょう》、状況《じょうきょう》が悪くなるのを避《さ》けるのもアピン氏《し》の仕事だ。

トバモリーは、この危険《きけん》な能力《のうりょく》をほかのネコにも分けあたえることができるのか？　アピン氏《し》が最初《さいしょ》に答えなければならなかった質問《しつもん》はそれだった。いちばん親しい馬小屋のネコには教えはじめているかもしれないが、ほかのネコたちにもとなると、いまのところないでしょう、とアピン氏《し》は答えた。

「さてさて」ミセス・コーネットが話しはじめた。「トバモリーは貴重《きちょう》なネコで、大切なペットなのかもしれないけど、馬小屋のネコといっしょに一刻《いっこく》もはやく処分《しょぶん》しないといけないわ。ねえ、アデレード、あなたも賛成《さんせい》してくださるでしょ？」

「まさか、この十五分ほどのできごとを、わたしが楽しんでいたなんて思ってないでしょうね？」ブレムリー夫人《ふじん》が苦々《にがにが》しげにいった。「夫《おっと》もわたしも、トバモリーのことは大好《だいす》きなのよ。すくなくとも、あのおそろしい力があの子に宿るまではね。だけどいまは、もちろん、すこしでもはやくあの子を処分《しょぶん》しなくちゃいけないわね」

「晩御飯《ばんごはん》に食べるいつもの餌《えさ》に、ストリキニーネを混《ま》ぜればいいさ」ウィルフレッド卿《きょう》がいう。「馬小屋のネコは、わたしがこの手でおぼれさせるよ。馬車の御者《ぎょしゃ》はペットを失《うしな》うと知ったらおおいに悲しむだろうが、非常《ひじょう》に伝染力《でんせんりょく》の強い疥癬《かいせん》が二匹《ひき》に取りついて、ほっておくと猟犬《りょうけん》たちにもうつってしまうから、と伝《つた》えるよ」

「ですが、ぼくの大発見が！」アピン氏《し》が大声をあげた。「何年にもわたる研究と実験《じっけん》の成果《せいか》が……」

「うちの農場の短角種《たんかくしゅ》の牛にでもためしてごらんになるといいわ。牛ならきちんと管理《かんり》されてますから」ミセス・コーネットがいった。「なんなら動物園のゾウでもいいでしょ。ゾウはとても知能《ちのう》が高いっていうし。それに、ゾウなら寝室《しんしつ》にもぐりこんだり、椅子《いす》の下にかくれたりはできませんからね」

キリストの再臨《さいりん》を高らかに宣言《せんげん》しにきたところ、たまたまその日がボート・

レースの日で、延期《えんき》しなくてはならなくなった大天使でも、そのときのコーネリアス・アピンほどにはがっかりしなかっただろう。しかし、ほかのみんなはアピン氏《し》とは正反対だ。それどころか、もし意見を求《もと》められれば、アピン氏《し》にも猛毒《もうどく》のストリキニーネを盛《も》るべきだと強硬《きょうこう》に主張《しゅちょう》する人だっていただろう。

汽車の都合がつかなかったのと、どんな結末《けつまつ》になるのかをびくびくしながらも知りたい気持ちとで、ハウス・パーティーは即座《そくざ》に解散《かいさん》にはならなかった。しかし、その夜のディナーはぎくしゃくしていた。

ウィルフレッド卿《きょう》は、馬小屋のネコの始末《しまつ》と御者《ぎょしゃ》への対応《たいおう》でへとへとになっていた。アグネス・レスカーは、これみよがしにトーストを一口かじっただけだ。まるで、そのトーストが親の仇《かたき》とでもいうような顔つきで。メービス・ペリントンは、食事の間中、彼女《かのじょ》なりの復讐《ふくしゅう》といわんばかりに沈黙《ちんもく》を保《たも》った。ブレムリー夫人《ふじん》は、会話が途切《とぎ》れないように気を配っていたものの、ドアのほうばかり見て、気もそぞろだ。

慎重《しんちょう》に毒《どく》をしこんだ魚を盛《も》った皿が、サイドボードの上に用意されていたが、次々と食事が進みデザートにいたっても、トバモリーはダイニング・ルームにもキッチンにも姿《すがた》をあらわさなかった。墓場《はかば》のようなディナーでさえ、そのあとにつづいた喫煙室《きつえんしつ》での徹夜《てつや》の見張《みは》りにくらべれば陽気なものだった。食べたり飲んだりは、すくなくとも気をそらすことになるし、いらだちをやわらげる役割《やくわり》も果《は》たす。ぴりぴりと神経《しんけい》のはりつめたなかでは、ブリッジなどもってのほかだ。オード・フィンズベリーが悲しげな「森のメリサンド」をうたってきかせたあとには、暗黙《あんもく》のうちに音楽も禁止《きんし》ということになった。

十一時になり、使用人たちは、トバモリーが出入りする食料品室《しょくりょうひんしつ》の小窓《こまど》をいつものようにあけはなしておくと告《つ》げて部屋《へや》に下がった。

客たちは最新号《さいしんごう》の雑誌《ざっし》を読んだり、パンチ誌《し》のバックナンバーを読んだりした。ブレムリー夫人《ふじん》は、食料品室《しょくりょうひんしつ》へ何度も足を運んだが、もどってくるたび、質問《しつもん》を受けるより先に、力なくがっかりした表情《ひょうじょう》をしてみせた。

二時になると、クロービスが重苦しい沈黙《ちんもく》を破《やぶ》った。

「今晩《こんばん》、あいつはもう帰ってこないのかもしれない。今ごろは、地方紙の編集《へんしゅう》室《しつ》にでもかけこんで、回想録《かいそうろく》の初回《しょかい》分を語ってるところなんじゃないかな。○○夫人《ふじん》の新刊紹介《しんかんしょうかい》記事はとりやめだろうな。きっと明日《あす》は大さわぎになるぞ」

そういってみんなに冷《ひ》や水《みず》を浴《あ》びせ、クロービスは寝室《しんしつ》にさがった。そのあと、ひとりまたひとりとクロービスにならって部屋《へや》にさがっていった。

翌朝《よくあさ》、各部屋《かくへや》にお茶をとどけた使用人たちは、そのたびにおなじ質問《しつもん》に、おなじ答えをかえした。トバモリーはもどっていないと。

朝食の場は、昨夜《さくや》のディナーよりもさらに不愉快《ふゆかい》なものになった。しかし、朝食が終わる前に、状況《じょうきょう》は一気に好転《こうてん》した。庭師《にわし》が、やぶのなかでトバモリーの死体を見つけて、持ってきたのだ。喉《のど》のかみあとと、トバモリーの爪《つめ》に残《のこ》った黄色い毛から、牧師館《ぼくしかん》の大きな黄色いネコと一戦《せん》交えたことは明らかだ。

昼になる前に、ほとんどの客が屋敷《やしき》から退散《たいさん》した。昼食のあと、ブレムリー夫人《ふじん》はようやく元気をとりもどし、牧師館《ぼくしかん》に対して、大事なペットを殺《ころ》されたと嫌味《いやみ》たっぷりの手紙を書いた。

トバモリーはアピン氏《し》の唯一《ゆいいつ》の成功《せいこう》した弟子《でし》で、後継者《こうけいしゃ》には恵《めぐ》まれなかった。それから数週間後、ドイツのドレスデン動物園で、それまで一度もいらついたりしたことのなかったおとなしいゾウが、いきなりあばれだしてイギリス人を殺《ころ》した。殺《ころ》された男は、そのゾウにしつこいいやがらせをしていたらしい。被《ひ》害者《がいしゃ》の名前は、新聞によってオピンだとかエペリンだとか書かれていたが、ファースト・ネームがコーネリアスなのは一致《いっち》していた。

「もし、アピン氏《し》が、あわれなゾウにドイツ語の複雑《ふくざつ》な文法《ぶんぽう》でも教えこもうとしていたのだとしたら、ゾウが怒《おこ》るのも無理《むり》はないな」クロービスはそういった。

アン夫人《ふじん》の沈黙《ちんもく》

エグバートは、薄暗《うすぐら》い大きなリビング・ルームに、おずおずとはいってきた。そこが鳩小屋《はとごや》のようにおだやかな場所なのか、はたまた、爆弾製造《ばくだんせいぞう》工場のように危険《きけん》な場所なのかはわからないが、どちらでもだいじょうぶなように身がまえている。ランチのときに、ちょっとした夫婦《ふうふ》げんかになって、決着がつかないまま終わってしまったのだが、妻《つま》がそのけんかを蒸《む》しかえそうとするのか、もう気にしていないのか、よくわからない。

テーブルわきのひじかけ椅子《いす》にすわる妻《つま》の姿勢《しせい》は、なんだか不自然《ふしぜん》にこわばっているような気もする。十二月の薄暗《うすぐら》い午後の明かりのなかでは、メガネごしに目をこらしてみたところで、その表情《ひょうじょう》をしっかり見きわめることはむずかしかった。

会話の糸口として、エグバートは、外の光について「神々《こうごう》しい光だね」といってみた。冬の四時半ごろから六時ごろまで、あるいは晩秋《ばんしゅう》の夕方の光のことを、なにかの詩から引用してそう呼《よ》ぶのは、長い結婚《けっこん》生活のあいだにふたりの習慣《しゅうかん》のようになっていた。返事はそのときどきでちがったが、今日《きょう》、アン夫人《ふじん》からはなんの返事もなかった。

ネコのドン・タルクイニオは、ペルシア絨毯《じゅうたん》の上で体をゆったり伸《の》ばし、暖《だん》炉《ろ》の火にあたっている。アン夫人《ふじん》が不機嫌《ふきげん》かどうかなど、いっさいおかまいなしだ。ドン・タルクイニオは、絨毯《じゅうたん》とおなじペルシア産《さん》の純血種《じゅんけつしゅ》で、生まれて二度目の冬をむかえ、毛並《けな》みはつやつやしている。名づけたのはルネサンスかぶれの給仕《きゅうじ》の少年で、エグバートとアン夫人《ふじん》なら、フワフワとでもつけていただろう。とはいえ、ふたりに名前へのこだわりはない。

エグバートは自分で紅茶をそそいだ。アン夫人《ふじん》はだまったままで、一向《いっこう》に口を開くようすがないので、エグバートはまたぞろ切りだした。

「ランチのときにぼくが話したのは、あくまでも理屈《りくつ》の上でのことなんだ。きみは、ちょっとかんぐりすぎなんだよ」

アン夫人《ふじん》は沈黙《ちんもく》をくずさない。その沈黙《ちんもく》をうめるかのように、鳥かごで飼《か》っているウソがオペラの一節《せつ》をだらだらとうたってみせた。エグバートにはすぐにその歌がなんなのかわかった。奏《かな》でることのできる歌はそれだけで、その評《ひょう》判《ばん》をきいて飼《か》うことにしたのだから。エグバートもアン夫人《ふじん》も、ほんとうならべつのオペラの歌にしてほしいところだった。

こと芸術《げいじゅつ》に関《かん》しては、ふたりの好《この》みは似通《にかよ》っている。ふたりとも率直《そっちょく》でわかりやすい作品が好《す》きだ。たとえば絵画なら、タイトルを見ただけで物語がわかるようなものがいい。ぼろぼろになった馬具をひきずる乗り手のいない軍馬《ぐんば》、青ざめて気絶《きぜつ》せんばかりの女性《じょせい》たちでうめつくされた中庭、そして、余白《よはく》に「悪い知らせ」と書いてあれば、それが戦争《せんそう》の惨禍《さんか》を描《えが》いたものだとはっきりわかる。ふたりはその絵のメッセージを読み取り、ぼんくらな友人たちに説明《せつめい》してきかせることができるというわけだ。

しかし、アン夫人《ふじん》の沈黙《ちんもく》はつづく。いつもなら、沈黙《ちんもく》がほんの四分もつづかないうちに、ものすごいいきおいでしゃべりたてるのがアン夫人《ふじん》だ。エグバートはミルクのはいった容器《ようき》をつかんで、ドン・タルクイニオの皿にそそいでやった。皿にはもともと縁《ふち》まではいっていたので、ミルクは、はでにあふれこぼれてしまった。ドン・タルクイニオは、そのようすをおどろいたように見ていたが、エグバートにこぼれたミルクを飲むように命じられると、とたんに知らん顔をきめこんだ。ドン・タルクイニオは、この家にいるかぎり、さまざまな役割《やくわり》をつとめるつもりはあったが、掃除機《そうじき》代わりはごめんだ。

「こんなの、バカバカしいと思わないかい？」エグバートが明るい口調でいった。

アン夫人《ふじん》もそう思っているのかもしれないが、返事はなかった。

「さっきは、ぼくもちょっといいすぎたよ」エグバートの口調から、みるみる明るさが抜《ぬ》けていった。「ぼくだってただの人間なんだ。そうだろ？　きみはそれを忘《わす》れてるみたいだけどね」

エグバートは、自分がただの人間なんだとくりかえした。人間の部分をなくし、ヤギの部分だけを残《のこ》した半人半獣《はんじんはんじゅう》のサテュロスとかんちがいされているとでもいうように。

ウソが、ふたたび例《れい》のオペラの一節《せつ》をうたいはじめた。エグバートの気持ちはだんだん沈《しず》んできた。アン夫人《ふじん》は紅茶にも手をつけていない。もしかしたら、気分でも悪いんだろうか。しかし、いつものアン夫人《ふじん》なら、気分が悪いからといってだまりこんだりはしない。

「わたしが胃痛《いつう》に苦しんでいるっていうのに、だれも気づいてくれないんだから」アン夫人《ふじん》はよくそんな風にいった。論文《ろんぶん》が書けるほどの情報《じょうほう》があるのに気づいてくれないのは、ちゃんときこうとしないからだというのがいい分だ。

つまり、気分が悪いわけではないんだろう。

エグバートは、なんだか不当《ふとう》なあつかいを受けているような気になってきた。けれども、自分のほうが下手《したて》にでた。

「わたしが悪かったよ」エグバートは、なんとかドン・タルクイニオをどかして、絨毯《じゅうたん》のまんなかに歩みでるといった。「元通り、楽しく過《す》ごすためなら、いくらでも生き方をあらためるよ」

でも、そんなことは可能《かのう》なんだろうかと、ぼんやり思った。中年にさしかかったエグバートは、これまでだっていろいろな誘惑《ゆうわく》を受けてきた。ただ、そんなに大した誘惑《ゆうわく》ではない。十二月にクリスマスプレゼントをもらえなかったから、二月になにかプレゼントがほしいとせがむ程度《ていど》の誘惑《ゆうわく》だ。エグバートはそんな誘惑《ゆうわく》に負けるような男ではない。年がら年中、新聞の広告《こうこく》におどらされて、魚用ナイフや毛皮のえりまきをほしがる女性《じょせい》たちとはちがうのだ。

それでも、たのまれもしないのに将来《しょうらい》起こすかもしれない悪事を放棄《ほうき》しようという自分に、すこしばかり酔《よ》っていた。

しかし、アン夫人《ふじん》はちっとも感動していない。

エグバートはメガネごしに妻《つま》のようすを見て、落ち着かない気持ちになってきた。妻《つま》とのいい争《あらそ》いに負けるのはめずらしいことではない。しかし、一方的《いっぽうてき》なひとり芝居《しばい》の末《すえ》に負けるのははじめてのことで屈辱的《くつじょくてき》だ。

「もう夕食の時間だ。着替《きが》えてくるよ」精一杯《せいいっぱい》威厳《いげん》をこめたつもりの声でエグバートはいった。

ドアのところまで歩き、またしても弱気の虫が動きだして、思わずこういった。

「こんなの、バカバカしいとは思わないかい?」

「バカバカしいさ」エグバートがドアをしめてでていくとき、ドン・タルクイニオは心のなかでそうつぶやいた。それから、ドン・タルクイニオは、ベルベットのようになめらかな前足を持ち上げると、ウソのはいった鳥かごのすぐ下にある本棚《ほんだな》に、軽々ととび上がった。そこに鳥がいるのにはじめて気づいたとでもいうような顔をしているが、実は、長い時間考えてきた手順《てじゅん》通りの行動だった。それまで自分を王様のように思っていたウソは、とつぜん、順位《じゅんい》が変《か》わってしまったことにショックを受け、むなしくバタバタと羽を打ち、甲高《かんだか》い悲鳴《ひめい》をあげた。

その鳥は、かごは別売《べつう》りで二十七シリングもしたのだが、アン夫人《ふじん》はドン・タルクイニオを止めようとするそぶりを見せない。なぜなら、夫人《ふじん》は二時間も前に息をひきとっていたからだ。

ネズミ

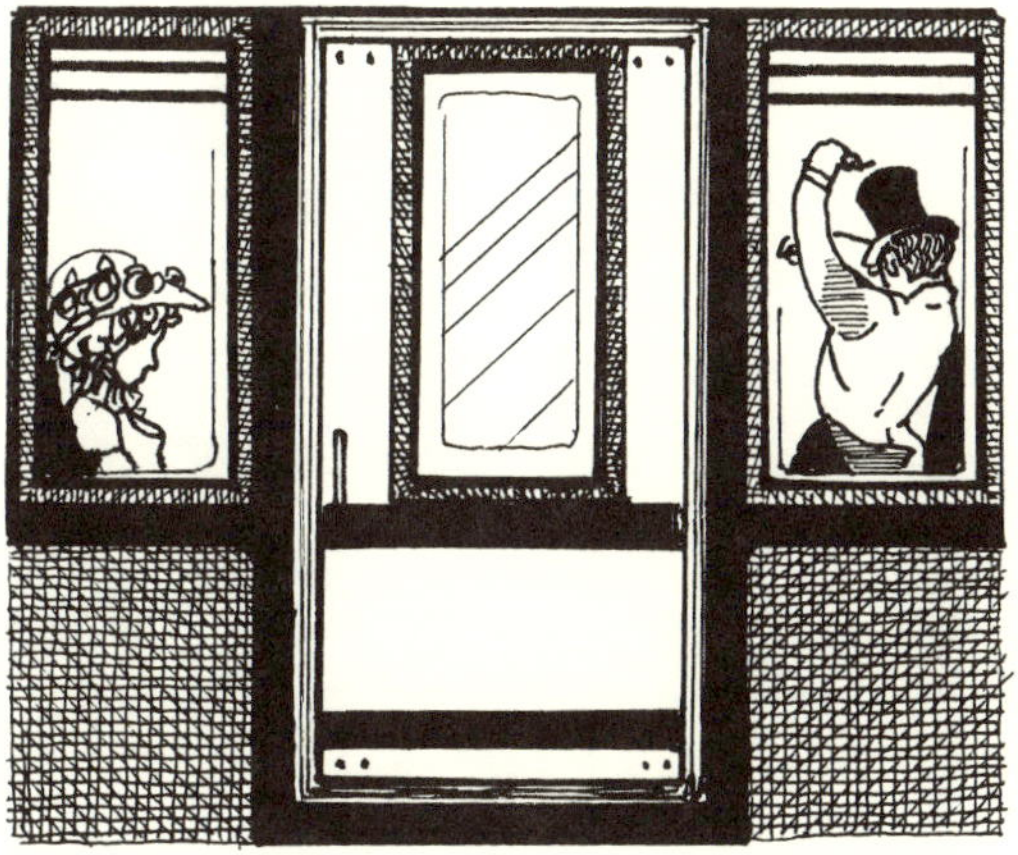

セオドリック・ボラーは母親に溺愛《できあい》され、甘《あま》やかされて育った。幼年時代から、もう中年といっていい現在《げんざい》まで、きびしい「現実世界《げんじつせかい》」から遠ざけられてきた。母親がこの世を去ると、セオドリックはたったひとり、その現実《げんじつ》世界においてきぼりにされた。そして、それはセオドリックが思う以上《いじょう》にきびしかった。

セオドリックのような性格《せいかく》と育ちの人間には、ただ汽車に乗って旅行するというかんたんなことさえも、わずらわしさと不安《ふあん》のてんこもりだ。九月のある朝、二等客室にようやく落ち着いたころには、すでに、頭は混乱《こんらん》し、心も乱《みだ》れていた。

セオドリックは田舎《いなか》の牧師館《ぼくしかん》にしばらく滞在《たいざい》していたのだが、そこでの同宿人たちは、荒《あら》っぽかったり飲んべえだったりはしなかった。しかし、家事の切りまわしがいいかげんで、色々とめんどうにまきこまれてきた。

セオドリックを駅まで送ってくれるはずの馬車は手配されておらず、出発のまぎわになっても、馬車を準備《じゅんび》するはずの使用人はあらわれなかった。セオドリックは、声にはださないものの腹が立ってしょうがない。しかたなく、牧師《ぼくし》の娘《むすめ》といっしょに馬に馬具を取りつけることになったが、厩舎《きゅうしゃ》とは名ばかりの薄暗《うすぐら》い小屋での手探《てさぐ》りの作業だった。いかにも馬小屋という馬のにおいだけならまだしも、セオドリックはネズミのにおいもかぎつけていた。ネズミがこわいわけではないが、この世でいちばんいやな生き物だと思っていた。神様は、どうしてとっとと根絶《ねだ》やしにしてくれなかったのだろう。

汽車が駅をすべるように発車したとき、セオドリックは、自分の体がかすかな馬小屋のにおいを発しているような気がして、だれかに責《せ》められはしないかと、不安《ふあん》だった。さらには、いつもはきれいにブラシをかけてある外套《がいとう》の肩《かた》に、かびくさいわらの一、二本がついているのではないかとさえ思った。

さいわいなことに、客室には自分とおなじ年頃《としごろ》のご婦人《ふじん》がひとりいるだけだった。うさんくさげな視線《しせん》をむけたりはせず、うとうとまどろんでいるようだ。汽車は終点まで停車《ていしゃ》せず、ほんの一時間ほどの乗車だ。客車は古いタイプで、廊下《ろうか》とは行き来のできない個室《こしつ》になっているので、ほかの客が乗りこんでくる心配もない。

ところが、汽車がまだスピードをだしきる前に、この客室にいるのが自分とうたた寝《ね》している女性《じょせい》だけではないことに、いやいやながらもはっきりと気づかされることになった。そいつは、客室どころか、セオドリックの服のなかにいるのだった。あたたかいものがセオドリックの肌《はだ》の上をもぞもぞと動きまわっている。ぞっとしながら、認《みと》めないわけにはいかない。まだ、目ではたしかめていないものの、ネズミなのは明らかだ。馬に馬具をつけているときにとびこんできたにちがいない。

こっそり足踏《あしぶ》みしたり、体をゆすってみたり、乱暴《らんぼう》にあちこちつまんでみたりしても、この侵入者《しんにゅうしゃ》を追いはらうことはできなかった。セオドリックはクッションにもたれてゆったりくつろいでいるふりをしながら、ネズミを追いだす方法《ほうほう》をめまぐるしく考えていた。これから丸一時間ものあいだ、宿無《やどな》しネズミどもの安宿がわりになってやるなど、おそろしくて考えたくもない（もはや、セオドリックの頭のなかでは、ネズミの数はすくなくとも二匹《ひき》にふえていた）。

どうやら、ネズミを追いだすには、服を脱《ぬ》ぐほかなさそうだ。しかし、たとえ重要《じゅうよう》な目的《もくてき》のためとはいえ、ご婦人《ふじん》の前で服を脱《ぬ》ぐなど、考えただけで恥《は》ずかしくて、耳たぶまで赤くなる。女性《じょせい》の前では、透《す》かし織《おり》の靴下《くつした》を見せたこともないのに。

それでも、いまのところ、ご婦人《ふじん》はぐっすり眠《ねむ》っているようすだ。それに対してネズミのほうは、諸国巡《しょこくめぐ》りの修行《しゅぎょう》を数分で終えようとでもいうようにいきおいづいている。もし、輪廻転生《りんねてんせい》というものがほんとうにあるのだとしたら、このネズミの前世《ぜんせ》は、登山家だったにちがいない。必死《ひっし》によじ登っていたかと思うと、足場を失《うしな》って数センチほど滑《すべ》り落ち、おそろしさでか、はたまた腹立ちまぎれにか、かみつくことさえあった。

セオドリックは生涯最大《しょうがいさいだい》の難事業《なんじぎょう》に取りかかった。赤カブのようにまっ赤になりながら、居眠《いねむ》りしている相席《あいせき》の女性《じょせい》から目をそらさず、備《そな》えつけのひざ掛《か》け毛布《もうふ》を、客室の両側《りょうがわ》にある網棚《あみだな》から、音を立てずにすばやくカーテンのようにつるした。そのせまい急ごしらえの更衣室《こういしつ》で、おそるべきはやさでツイードの服を脱《ぬ》ぎ、ネズミを追いだした。

おどろいたネズミがピョンと床《ゆか》にとびおりたちょうどそのとき、にわかづくりのカーテンの結《むす》び目《め》がほどけて、心臓《しんぞう》が止まるようなバサッという音を立てながら落ち、さらにほぼ同時に、女性客《じょせいきゃく》が眠《ねむ》りからさめて目をあけた。

ネズミに負けないようなすばやさで、セオドリックは毛布《もうふ》にとびつき、あごまでかくれるように裸《はだか》の体をおおい、席《せき》のすみにくずれ落ちた。首とこめかみの血管《けっかん》がどくどくと脈打《みゃくう》つのを感じながら、セオドリックはただぼうぜんと、そのご婦人《ふじん》が非常警報装置《ひじょうけいほうそうち》に手をのばすのを待った。ところがその女性《じょせい》は、毛《もう》布《ふ》で体をおおったおかしな男を、ただ静《しず》かに見つめるばかり。この人にはどこまで見られたんだろう？　セオドリックは自問した。それに、いったい、いまの自分の姿《すがた》をどう思っているんだろう？

「どうやら、風邪《かぜ》をひいてしまったようでして」セオドリックは、やけくそになってそういってみた。

「それはお気《き》の毒《どく》に。実はいまちょうど、窓《まど》をあけていただけないか、お願《ねが》いしようと思っていたところなんですよ」

「もしかしたら、マラリアかもしれません」セオドリックはカタカタと歯を鳴らした。自分のことばを裏《うら》づける役に立てようとしてというより、びくついていたせいだ。

「わたしはブランディを持ってます。荷物をおろしてくださるんなら、お飲みになって」

「とんでもありません。けっこうです」セオドリックはあわてていった。

「マラリアは熱帯《ねったい》で？」

セオドリックと熱帯《ねったい》のかかわりといえば、年に一度、セイロンに住む伯父《おじ》からお茶がひと箱送られてくるぐらいで、マラリアにまで裏切《うらぎ》られたような気になる。すこしずつでも、この人に真実を伝《つた》える方法《ほうほう》はないものだろうか？

「あなたは、ネズミはこわいですか？」セオドリックはさらに顔を赤らめながら思い切ってたずねてみた。

「たくさんじゃなければだいじょうぶです。ハットー大司教《だいしきょう》の伝説《でんせつ》みたいに、大勢《おおぜい》に食《く》い殺《ころ》されるのはいやですわ。でも、どうしてそんなことを？」

「ついさっきまで、わたしの服のなかに一匹《ぴき》いたものですから」まるで自分の声とは思えないような声でセオドリックは答えた。「たいへん、困《こま》った状態《じょうたい》でした」

「服がぴったりなら、それはそうでしょうね。ネズミったら、おかしなところが好《す》きなのね」

「実はあなたが眠《ねむ》っていらっしゃるあいだに、追いだしたんです」そこでごくんと唾《つば》を飲んでつづけた。「そんなわけで、いまわたしはこのありさまなんです」

「ネズミ一匹《ぴき》追いだしたぐらいじゃ、風邪《かぜ》をひいたりしませんよ」セオドリックがむっとするほどの軽い調子でご婦人《ふじん》はそういった。

この人は、自分の困《こま》り果《は》てたようすを楽しんでいるのかもしれない。体中の血がいっきょに顔にのぼってきたように赤くなり、無数《むすう》のネズミがはいまわるのよりもこっぴどく、セオドリックの心を恥《は》ずかしさでずたずたにした。

それから、ある考えが大きくふくらみはじめ、恥《は》ずかしさにかわって、はげしい恐怖《きょうふ》がおそいかかってきた。汽車は一刻一刻《いっこくいっこく》、たくさんの人でごったがえす終着駅へと近づいている。客室のすみから自分を無表情《むひょうじょう》に見つめる目が、何十組という突《つ》き刺《さ》すような目にいれかわるのだ。

もはや、ぐずぐずしているひまはない。もしかしたらこの人は、またうたた寝《ね》をはじめるかもしれない。だが、そんなことを考えているあいだにも、チャンスはどんどん減《へ》っている。こっそりのぞき見ても、眠《ねむ》りに落ちるどころか、まばたきもせず目をさましている。

「もうすぐつくようですね」女性《じょせい》も気づいたようだ。

窓《まど》の外に旅の終わりを告《つ》げるせせこましいみにくい住居《じゅうきょ》が見えてきて、セオドリックの恐怖《きょうふ》はいよいよ募《つの》る。女性《じょせい》のことばが合図になった。追いつめられた狩《か》りの獲物《えもの》が、かくれ場所からがむしゃらにとびだして、いっときの安心を得《え》ようとほかのかくれ場所をめざすように、セオドリックは毛布《もうふ》を取りはらい、脱《ぬ》いでいた服を一心不乱《いっしんふらん》に身につけた。郊外《こうがい》ののんびりした駅が窓《まど》の外を過《す》ぎ去《さ》るのを見ながら、セオドリックの息はつまり、心臓《しんぞう》は高鳴っていた。そして、セオドリックがあえて目をむけなかったむかいの席《せき》には、凍《こお》りついたような沈黙《ちんもく》がただよっている。

セオドリックが服を身につけ終え、ほとんどほうけたように席《せき》についたのと同時に、汽車はスピードをゆるめ、ゆるゆると駅のホームにすべりこんだ。そのとき、ご婦人《ふじん》が口を開いた。

「もうしわけありませんが、この席《せき》まで、ポーターを呼《よ》んできていただけませんか？　馬車まで案内《あんない》してもらいたいので。お手数をおかけして心苦しいんですけど、ひとりじゃなにもできないんです。目が見えないものですから」

グロビー・リントンの変身

義理《ぎり》の妹の家の居間《いま》で、グロビー・リントンはそわそわと時間を過《す》ごしていた。そわそわといっても、中年まっさかりの男のことだ。それなりに落ち着いている。あと十五分ほどしたら、もう帰ってもいいだろう。見送りの甥《おい》や姪《めい》たちと、村の公園を歩いて抜《ぬ》けて、とっとと駅にもどろう。

グロビーはお人好《ひとよ》しでやさしい男なので、亡《な》くなった弟、ウィリアムの妻《つま》と子どもたちのもとへ、ときどき訪《おとず》れるのがいやなわけじゃない。でも、本音をいえば、自宅《じたく》と庭にこもって、読書にふけったり、飼《か》っているオウムと時間を過《す》ごしたりするほうがはるかに好《す》きだ。あまり親しみを感じない家族の輪《わ》のなかにしゃしゃりでていくのは、意味のない疲《つか》れることだと思っていた。それでも、ときどき汽車に乗ってやってくるのは、自分自身の良心《りょうしん》が痛《いた》むからというより、兄のジョン大佐《たいさ》に責《せ》められるのがいやだからだ。

ジョン大佐《たいさ》は、あわれなウィリアムの家族をほったらかしにするのはひどいことだと強く感じている。ふだんは近くに住む親せきをあまり気にかけていないグロビーも、兄の大佐《たいさ》が自分の家にやってくるようだときつけると、取るものも取りあえず、数マイルはなれた田舎《いなか》の家をたずねて、甥《おい》や姪《めい》たちと時間を過《す》ごし、義理《ぎり》の妹の無事《ぶじ》を確認《かくにん》してきた。

今回の訪問《ほうもん》はきわどいタイミングだった。へたをすると、自分がもどってくる前に大佐《たいさ》が到着《とうちゃく》してしまうかもしれない。それでも、グロビーはなんとか役目を果《は》たし、このあと六、七か月は、自分の快適《かいてき》な時間を、めんどうなつきあいにわずらわされずにすむ。

グロビーは義理《ぎり》の妹の家の部屋《へや》のなかを陽気にとびまわり、目についたものを次から次へと手に取り、それぞれの品を鳥のようにせわしなく見つめる。

その陽気な落ち着きのなさが急にかき消えて、グロビーがむっとした顔をした。甥《おい》っ子のスケッチブックのなかに、たまたま自分の似顔絵《にがおえ》を見つけてしまったからだ。よくできた手きびしい絵で、グロビーとグロビーのオウムが、バカバカしいほどまじめくさった顔でむきあっている。しかもグロビーとオウムとがそっくりに描《か》かれていた。一瞬《いっしゅん》むっとしたものの、本来の人の好《よ》さで、グロビーは声をあげて笑《わら》い、うまく描《か》けているもんだと感心した。

しかし、しばらくするとまた怒《いか》りが首をもたげた。絵を描《か》いた甥《おい》への怒《いか》りではなく、その絵を見て気づかされたことへの怒《いか》りだった。時間がたつにつれて、人はペットに似《に》てくるといわれるが、それはほんとうなんだろうか？　自分でも気づかないうちに、長年いっしょに暮《く》らす奇妙《きみょう》にまじめくさったあの鳥に、自分も似《に》てきているのだろうか？

駅にむかって歩くグロビーは、にぎやかにおしゃべりをする甥《おい》や姪《めい》たちをよそに、いつになくおとなしかった。そして、短い汽車の旅の最中《さいちゅう》も、自分がすこしずつ、オウムのような人間に成《な》り下がってきたという思いにますます取りつかれていた。

自分の毎日は、たしかに鳥のように、あちこちつつきまわり、あちらの枝《えだ》からこちらの枝《えだ》へととびまわるような、とりとめのないたいくつなものではないか。あるときは庭で、あるときは果樹園《かじゅえん》で、はたまた庭の籐椅子《とういす》や、書斎《しょさい》の暖《だん》炉《ろ》の前で。それに、たまにでくわす隣人《りんじん》との会話はどうだろう。

「春らしくなってきましたね」「もうじき、雨になるかもしれませんね」「またお目にかかりましたね。お元気で」「お子さんたちは大きくなったんでしょうね」うわべだけの、バカバカしい会話ばかりじゃないか。心のこもらない、知性《ちせい》のかけらも感じられない、からっぽのただのオウムがえしだ。あれではまるで「かわいいポリーちゃん、ニャンニャン、ニャーン！」とあいさつしてるようなものだ。甥《おい》が描《か》いた、まぬけな鳥そっくりの自分の絵を思い出して、グロビーの心に怒《いか》りがこみ上げてきた。その姿《すがた》は頭のなかでさらにふくらんで、自分を責《せ》め立《た》てる。

「あのいけ好《す》かない鳥は、どこかにやってしまおう」グロビーは腹立たしげにつぶやいた。ただ、そんなことができないのもわかっていた。長年いっしょに暮《く》らしたオウムを、いまさらどこかにやってしまったら、まわりがなんというだろう。

「兄さんはもうついたかい？」グロビーは、馬車で駅までむかえにきた馬丁《ばてい》の少年にたずねた。

「はい、二時十五分ころに。オウムが死んじまいました」馬丁《ばてい》はなんだかうれしそうに、唐突《とうとつ》にそういった。

「オウムが死んだって？」グロビーがいう。「なにがあったんだい？」

「エテコウのせいで」そっけない返事だ。

「エテコウ？　それはいったいなんだい？」グロビーはさらに問う。

「大佐《たいさ》が持ちこんだもんです」なんだかぶっそうだ。

「兄《にい》さんは病気なのかい？　なにかの伝染病《でんせんびょう》なんだろうか」

「大佐《たいさ》はぴんぴんしてますって」馬丁《ばてい》がそれ以上《いじょう》なにもいわないので、グロビーはもやもやした気分のまま家までがまんした。

大佐《たいさ》は玄関《げんかん》のドアの前で待っていた。

「オウムのことはきいたか？」大佐《たいさ》はすぐにたずねる。「まったく、もうしわけないことをしたよ。おまえをおどろかせようとつれてきた猿《さる》を見たとたん、オウムが叫《さけ》んだんだ。『クソッタレ！』ってな。そしたら猿《さる》のやつ、一気にとびついて、首をひとひねりさ。なんとかひきはなしたときには、オウムはもう完全《かんぜん》に死んでたよ。気立てのいいチビすけで、まさかこんな残酷《ざんこく》なことをするなんて思いもしなかった。なんといってわびたらいいのか、ことばもないよ。もちろん、猿《さる》なんか見たくもないだろうな」

「いいや、そんなことないよ」グロビーは心からそういった。数時間前なら、オウムの悲劇《ひげき》は、大災難《だいさいなん》に感じられたことだろう。しかし、いまは、運命の親切な配慮《はいりょ》のように感じられる。

「あの鳥もずいぶん年をとっていたから」ペットを失《うしな》った悲しみなど、いささかも見せずにつづける。「実をいうと、あのままよぼよぼになるまで生かしておくのが、ほんとうにいいことなんだろうかと、考えはじめていたところなんだ」

オウムを殺《ころ》した張本人《ちょうほんにん》にひきあわされると、グロビーは、思わず声をあげた。

「おやおや、なんてかわいい子なんだ！」

この新人は、アメリカ大陸《たいりく》からやってきた、小さくてしっぽの長い猿《さる》だった。おとなしく、恥《は》ずかしがり屋で甘《あま》えっ子といったところが、グロビーの心をたちまちつかんだ。ただ、猿《さる》の専門家なら、赤い目にひそむ気まぐれそうな光に、オウムをひねり殺《ころ》したはげしい気性《きしょう》を見て取ったかもしれない。

やっかいごとなどほとんど起こしたことのなかったオウムを、家族のように思っていた使用人たちは、血に飢《う》えた乱暴者《らんぼうもの》が代わりにペットの位置《いち》におさまったのを見て、おおいに腹を立てた。

「あわれなポリーみたいに、賢《かしこ》いことも楽しいこともいわない、根性《こんじょう》の悪い、いけ好《す》かない猿《さる》だよ」キッチン担当の使用人たちもそうきめつけた。

ジョン大佐《たいさ》の訪問《ほうもん》と、オウムの悲劇《ひげき》から一年ほどたったある日曜の朝、ミス・ウェプリーは、教会の信徒席《しんとせき》におとなしくすわっていた。すぐうしろの席《せき》にはグロビー・リントンがいる。ミス・ウェプリーは近所では比較的新参者《ひかくてきしんざんもの》で、うしろにすわるグロビーとも、個人的《こじんてき》な親しいつきあいはなかった。それでも、二年のあいだ、日曜の礼拝《れいはい》で毎回顔をあわせるうちに、おたがいそれなりに意識《いしき》しあうようにはなっていた。

ミス・ウェプリーは、特《とく》に関心《かんしん》をはらっているわけではなかったが、グロビーの祈《いの》りのことばの発音に、ちょっとした癖《くせ》があることには気づいていたし、グロビーのほうも、ミス・ウェプリーについては、色々と気づいていた。祈禱《きとう》書《しょ》やハンカチの横に、いつものど飴《あめ》の小さな紙包《かみづつ》みが置《お》いてあることなどだ。ミス・ウェプリーがのど飴《あめ》の助けを借《か》りることはめったになかったが、万が一、咳《せ》きこんだときに備《そな》えているらしい。

その日曜日、静《しず》かな祈《いの》りの最中《さいちゅう》に、長い時間咳《せ》きこみつづけるよりもずっととまどうような異常事態《いじょうじたい》が、のど飴《あめ》をめぐって起こった。最初《さいしょ》の讃美歌《さんびか》をうたおうと立ち上がったミス・ウェプリーは、すぐうしろの席《せき》から手が伸《の》びてきて、席《せき》に置《お》いてあるのど飴《あめ》の包《つつ》みをそっとつかんだのを見たような気がした。包《つつ》みはたしかに消えている。しかし、リントン氏《し》は、讃美歌《さんびか》にすっかり集中しているようにしか見えない。ミス・ウェプリーが問いつめるように見つめても、リントン氏《し》は素知《そし》らぬ顔だ。

「そのあとが、もっとひどいのよ」礼拝《れいはい》のあと、ミス・ウェプリーは友人や知り合いにいった。みんなあきれ顔だ。「ひざまずいてお祈《いの》りをしようとしたら、のど飴《あめ》が、わたしののど飴《あめ》がとんできて、鼻の下をかすめたの。わたしはふりむいてにらんだんだけど、リントンさんは目をつぶって、お祈《いの》りに夢《む》中《ちゅう》っていう風に口を動かしてた。なのに、わたしがまたお祈《いの》りをはじめたとたん、またのど飴《あめ》がとんできたの。そのあとにまたひとつ。しばらく気づかないふりをしてたんだけど、急にさっとふりむいたら、あの人ったら、ちょうどもうひとつ、わたしにむかって投げつけようとしてるところだった。あわてて聖書《せいしょ》のページをめくるふりをしてたけど、今度ばかりはわたしもだまされなかったわ。リントンさんもばれたってわかったのね。そのあと、のど飴《あめ》はとんでこなかった。もちろん、すぐに席《せき》を変《か》えたわ」

「紳士《しんし》ともあろう人が、なんて恥知《はじし》らずな」きいていたひとりがいった。「リントンさんは、むかしは、だれからもとても尊敬《そんけい》されてたのよ。それなのに、いまじゃ、しつけのなってない子どもみたいなんだから」

「子どもっていうより、猿《さる》よ」ミス・ウェプリーはいう。

ちょうどおなじころ、リントン家でも、手きびしい批判《ひはん》がなされていた。これまでだって、使用人たちの目にグロビー・リントンが英雄《えいゆう》として映《うつ》ったことは一度もなかった。それでも、先ごろ死んでしまったオウムとおなじように、陽気で健康《けんこう》な、特《とく》にやっかいごとをひき起こすことなどない主人だと思われていた。ところが、使用人のだれもが、最近《さいきん》の数か月で主人の性格《せいかく》はすっかり変《か》わってしまったと思っていた。

オウムの死を最初《さいしょ》に告《つ》げた馬丁《ばてい》の少年は、どちらかといえばにぶい子なのだが、まっ先に不満《ふまん》をつぶやきはじめた。その声はやがて使用人たちにも広がった。

少年の不満《ふまん》はもっともなものだった。その夏は焼《や》けつくような暑さがつづき、少年は果樹園《かじゅえん》のなかにある小さな池で水浴《みずあ》びをしてもいいといわれていた。ある日の午後、グロビーは大きなどなり声と猿《さる》がさわぎたてる声にひきよせられるように池のほうへやってきた。小柄《こがら》で丸々太った馬丁《ばてい》の少年が、チョッキと靴下《くつした》だけを身につけた姿《すがた》で、猿《さる》にむかって必死《ひっし》にどなっている。猿《さる》は知らん顔でリンゴの木の低《ひく》い枝《えだ》にすわって、少年が脱《ぬ》いだ服をもてあそんでいた。

「このエテ公がおいらの服をとったんです」少年は、説明《せつめい》するまでもないことを必死《ひっし》で訴《うった》えた。裸《はだか》どうぜんの姿《すがた》で恥《は》ずかしいものの、主人のグロビーがやってきてほっとしていた。奪《うば》われた服は、ご主人が取りもどしてくれるだろう。猿《さる》はけんかごしの声をあげるのをやめていた。主人がなだめすかすようにいいきかせれば、すぐに略奪品《りゃくだつひん》をかえすだろう。

「おまえを持ち上げてやるから、自分で取りかえすといい」グロビーはいった。

グロビーは、少年のチョッキをしっかりつかんで地面から持ち上げた。ところが、次の瞬間《しゅんかん》、グロビーは少年をいきおいよくふりまわして、背《せ》の高いやぶのなかにほうりこんでしまった。トゲのあるイラクサのやぶだったのだからたまらない。犠牲《ぎせい》になった少年は、感情《かんじょう》はおさえなさいと教えるような学校に通ったことがなかった。もしキツネにかみつかれたら、おとなしくがまんせず、いちばん近所の狩猟《しゅりょう》委員会にとんでいって文句《もんく》をいえと教わっていた。チクチクする痛《いた》みと怒《いか》りとおどろきで、少年は大声をあげつづけたのだが、それを打ち消すように、にくたらしい猿《さる》が木の上から勝利《しょうり》の雄叫《おたけ》びをあげ、グロビーは甲高《かんだか》く大笑《おおわら》いしていた。

少年は必死《ひっし》にもがいてようやくイラクサのやぶからぬけだした。そのようすは、舞台《ぶたい》の上で演《えん》じたなら有名になれそうなくらい滑稽《こっけい》で、事実、グロビー・リントンは思わず喝采《かっさい》の声をあげたほどだった。猿《さる》は姿《すがた》を消していたが、少年の服は、木の下にばらばらにほうり投げられていた。

「エテ公が二匹《ひき》いるようなもんだ」少年は腹立ちまぎれにつぶやいた。体中に痛《いた》みを感じながら発したことばだと考えれば、手きびしすぎるとはいえないだろう。

それから一、二週間後、給仕係《きゅうじがか》りのメイドが辞《や》めさせてくれといいだした。生焼《なまや》けのカツレツに対して、主人がとつぜんはげしく怒《おこ》りだし、あやうく泣《な》きそうなぐらいこわい思いをしたからだ。

「ご主人はあたいにむかって、ギリギリと歯を鳴らしたんだよ。ほんとなんだから」キッチンのスタッフたちもおおいに同情《どうじょう》した。

「わたしにも、そんな口のきき方をしてみろっていうんだよ、まったく」料理《りょうり》人はそう息巻《いきま》いた。それでも、そのあと、その料理人《りょうりにん》の料理《りょうり》はおおいに上達《じょうたつ》した。

グロビー・リントンが、いつもの生活からはなれてハウス・パーティにでかけていくのはめずらしい。ミセス・グレンダフに招《まね》かれてでかけたときの怒《いか》りはすさまじかった。屋敷《やしき》の一角のかびくさい部屋《へや》をあてがわれたからだ。しかも、となりの部屋《へや》には著名《ちょめい》なピアニスト、レナード・スパビンクがいる。

「リストの曲を、まるで天使のようにお弾《ひ》きになるのよ」ミセス・グレンダフは常々《つねづね》そう絶賛《ぜっさん》していた。

「天使だろうとペテン師《し》だろうと知ったこっちゃない」グロビーはそう思っていた。「だが、いびきをかくのはまちがいないな。そんな顔かたちをしてるよ。もし、こんな安っぽいペラペラの壁越《かべご》しにいびきをきかされたら、やっかいなことだ」

実際《じっさい》、スパビンクはいびきをかき、やっかいなことになった。

グロビーは二分十五秒はがまんした。それから、廊下《ろうか》にでて、スパビンクの部屋《へや》にもぐりこんだ。グロビーにゆさぶられて、スパビンクはわけがわからないまま、でっぷり太った体を起こした。グロビーがさらにつつきまわしたので、スパビンクもすっかり目をさます。自己中心的《じこちゅうしんてき》で気むずかしいピアニストは、かんかんにいきりたち、無礼《ぶれい》な訪問者《ほうもんしゃ》の手を思いっきりひっぱたいた。

次の瞬間《しゅんかん》、スパビンクは枕《まくら》カバーで顔をおおわれて、あやうく窒息《ちっそく》するところだった。さらに、パジャマ姿《すがた》のままベッドからひっぱりだされ、レスリングでもするようにたたかれ、つねられ、けとばされ、床《ゆか》をひきずりまわされたあげく、ついには風呂《ふろ》にまで追いつめられた。浅《あさ》い風呂《ふろ》なのでそもそも無理《むり》なのに、グロビーはスパビンクをおぼれさせようとしつこく攻《せ》め立《た》てた。

しばらくのあいだ、部屋《へや》はほとんどまっ暗だった。グロビーのロウソクが、さわぎのはじめのほうでたおれてしまったためだ。水しぶきが上がる音や、くぐもった叫《さけ》び声《ごえ》、わめき声や怒《おこ》った猿《さる》のような声がきこえてくるばかりで、ロウソクの残《のこ》り火《び》がそのありさまを照《て》らしだすことはなかった。ただ、風呂《ふろ》のあたりで、はげしい争《あらそ》いがくり広げられていることだけはわかった。

その直後、一方的《いっぽうてき》な戦闘《せんとう》は、明るく照《て》らしだされることになる。炎《ほのお》がカーテンに燃《も》え移《うつ》り、あっというまに壁《かべ》の板に広がったからだ。

ハウス・パーティのメンバーたちが、たたき起こされ、ころげるように庭ににげだしたころには、屋敷《やしき》の古いその一角は燃《も》え上《あ》がり、もうもうと煙《けむり》を吹《ふ》きだしていた。しかし、まもなくグロビーが、半分おぼれかかったピアニストを抱《かか》えて姿《すがた》をあらわした。庭の池だったら、もっとたやすくおぼれさせることができることに気づいたからだ。

冷《つめ》たい空気にさらされ、怒《いか》りがさめてきたグロビーは、自分が、あわれなレナード・スパビンクを救《すく》いだした英雄《えいゆう》とみなされていることに気づいた。煙《けむり》で息ができなくなるのを防《ふせ》ぐために、わざわざ頭のまわりにぬれた布《ぬの》をまきつけるなど、なかなかできないことだと大声でほめる声もする。

グロビーはその状況《じょうきょう》をそのまま受けいれることにした。そこで、グロビーは、ひっくりかえったロウソクのかたわらで眠《ねむ》っている音楽家を発見して、大火災《だいかさい》から助けだしてきたと、目に見えるように語ってきかせた。

数日後、深夜《しんや》におそわれてびしょぬれになったショックからなんとか回復《かいふく》しつつあったスパビンクは、自分の側《がわ》から見た真実を語った。しかし、だれもがおだやかであわれみたっぷりの微笑《ほほえ》みと、あいまいな返事しかかえさないのを見て、公《おおやけ》に発表したところで、耳を傾《かたむ》けてくれる人はいないだろうと知った。

それでも、精一杯《せいいっぱい》の抵抗《ていこう》として、王立人道協会《きょうかい》がグロビーへ贈《おく》る人命救助《じんめいきゅうじょ》メダルの授与式《じゅよしき》への出席《しゅっせき》は拒《こば》んだ。

そのころ、グロビーのペットの猿《さる》が死んだ。多くの猿《さる》とおなじように、寒い北の天候《てんこう》になじめなかったせいだ。飼《か》い主《ぬし》のグロビーは大きなショックを受けて、かつての元気な状態《じょうたい》にもどることはなかった。

最近《さいきん》では、ジョン大佐《たいさ》がプレゼントとしてつれてきたカメといっしょに、庭の芝生《しばふ》の上や家庭菜園《さいえん》をゆっくり歩いていることが多い。その姿《すがた》からは、活発さや陽気さはみじんも感じられない。甥《おい》や姪《めい》たちはそのようすをみごとにひとことでいいあらわしている。「ノロマなグロビーおじさん」と。

罪《つみ》ほろぼし

オクタビアン・ラトルは一目でわかる陽気で明るい男だ。その性格《せいかく》のおかげでだれからも好《す》かれている。そして、みんなに認《みと》めてもらえばこそ、心穏《こころおだ》やかに幸せでいられる男だった。

そんなオクタビアンが、小さなトラネコを追いかけまわして殺《ころ》さなくてはならなくなったときには、いやでいやでしょうがなかった。庭師《にわし》が、牧場《ぼくじょう》にぽつんと生えたオークの木の下に、さっさと墓《はか》を掘《ほ》って埋《う》めてくれたときにはほっとした。そのオークの木というのは、トラネコが最後《さいご》の悪あがきでのぼった木だった。

そんな残酷《ざんこく》なことは気が進まなかったのだが、しかたなかった。オクタビアンが飼《か》っているニワトリが、血のついた羽毛をまきちらして、一羽《わ》また一羽《わ》と減《へ》っていき、残《のこ》りわずかになってしまったのだから。草原をはさんだむこう側《がわ》に建《た》つ大きな灰色の家で飼《か》われているトラネコが、たびたびニワトリ小屋のまわりをうろついていたので、犯人《はんにん》だということになり、灰色の家の主人とも相談して、殺《ころ》すことになったのだった。

「ネコがいなくなったら、子どもたちは悲しむだろうが、なに、わざわざ教えるまでもないさ」そう話は決まった。

その当の子どもたちは、オクタビアンにとって謎《なぞ》めいていた。何か月かあれば、その子たちの名前や年齢《ねんれい》、誕生日《たんじょうび》やお気にいりのおもちゃなどはわかるだろうと思っていたのだが、なかなかそうはいかない。草原と灰色の家の敷地《しきち》とのあいだに立っている長くて白い壁《かべ》とおなじように、心を閉《と》ざしたままだ。ときどき、その壁《かべ》の上から三つの頭がぴょこぴょこと姿《すがた》をあらわすだけだった。

近所の人からきいて、その子たちの両親がインドにいるということはわかった。女の子がひとりと男の子がふたりのようだが、それ以上《いじょう》はさっぱりわからない。そしていま、深いかかわりあいができてしまったわけだが、その子たちに知られるわけにはいかない。

ニワトリが一羽《わ》一羽《わ》と姿《すがた》を消したのだから、その犯人《はんにん》を生かしておくわけにはいかなかった。それでも、オクタビアンは、気がとがめてしかたなかった。その小さなネコは、いつも歩いていた安全な場所から追い立てられ、あちこちにげまわったあげくに、かわいそうな最期《さいご》をとげた。

ネコを殺《ころ》したあと、オクタビアンは背《せ》の高い草の生えた草原を、いつもよりしょげたようにとぼとぼと歩いていた。高い白い壁《かべ》の影《かげ》にさしかかったとき、ふと見上げると、青ざめた三つの顔がオクタビアンを見下ろしていた。ネコを追いかけているところを、いちばん見せたくない証人《しょうにん》に目撃《もくげき》されてしまった！

人間の冷《つめ》たい憎《にく》しみと、無力《むりょく》ながら不屈《ふくつ》の闘志《とうし》、そして沈黙《ちんもく》の仮面《かめん》をかぶった怒《いか》り、その三つを秘《ひ》めた表情《ひょうじょう》を絵にしたいと思う画家がいるならば、オクタビアンを見つめる三人の顔を描《か》くといい。

「ごめんよ。でも、しかたがないんだ」オクタビアンは心からそうわびた。

「人でなし！」

おどろくほど鋭《するど》い怒《いか》りのこもった声で、三人が同時にいった。

オクタビアンは、壁《かべ》の上からのぞく敵意《てきい》むきだしの三人より、白い壁《かべ》のほうがよっぽど自分の説明《せつめい》をきいてくれるのではないかと思った。そこで、もうすこし望《のぞ》ましい機会《きかい》が訪《おとず》れるまでは、それ以上無理《いじょうむり》にいいわけをするのはやめておくことにした。

二日後、オクタビアンは、近所でいちばんのお菓子屋《かしや》にでかけていった。オークの木の下で起こった、あのいやなできごとを埋《う》め合《あ》わせる、チョコレートのたっぷりつまった大きな箱をさがすためだ。

店員に見せられた最初《さいしょ》のふたつの見本を、オクタビアンはすぐさま却下《きゃっか》した。ひとつは、ふたにニワトリの絵が描《か》かれているもので、もうひとつは、トラネコの絵が描《か》かれているものだった。三つ目はポピーの花束《はなたば》が描《か》かれたシンプルなもので、オクタビアンはそれに決めた。ポピーは物忘《ものわす》れの象徴《しょうちょう》なので、縁起《えんぎ》をかついだという点もある。

そのりっぱな箱を灰色の家に送り、子どもたちがちゃんと受け取ったというメッセージを受けて、ずいぶん気が楽になった。

次の日の朝、オクタビアンは、草原の下のほうにあるニワトリ小屋とブタ小屋にむかった。子どもたちのことを気にしながらも、なにげないふりで例《れい》の長い白い壁《かべ》にそってぶらぶら歩いた。いつものように、三人は壁《かべ》の上にならんでいたが、オクタビアンなど無視《むし》するようにそっぽをむいている。

三人の無関心《むかんしん》ぶりにがっかりしはじめたオクタビアンは、足元の草になにか見慣《みな》れないものがちらばっているのに気づいた。草の上にかなりの範囲《はんい》にわたって雹《ひょう》のようにちらばっているのは、チョコレートだった。ほかにも金属《きんぞく》のようにピカピカ光る包《つつ》み紙や、スミレの花の砂糖《さとう》漬《づ》けが紫色《むらさきいろ》にきらめくのも見える。それはまるで、食い意地のはった子どもが思《おも》い描《えが》く妖精《ようせい》の国といったありさまだ。オクタビアンの和解金《わかいきん》は、嫌悪感《けんおかん》まるだしに突《つ》きかえされたのだ。

オクタビアンをとまどわせるできごとがさらにつづいた。どうやら、すでに死刑《しけい》が執行《しっこう》されたニワトリ小屋襲撃《しゅうげき》の犯人《はんにん》は、無実《むじつ》だったようなのだ。ニワトリのヒナがおそわれつづけているところを見ると、あのトラネコは、ニワトリ小屋に出入りするネズミを追いかけていたらしい。そして、使用人たちのうわさ話が伝《つた》わって、三人の子どもたちも、トラネコが無実《むじつ》の罪《つみ》を着せられていたのを知ってしまったらしい。

ある日、オクタビアンは、「人でなしめ、おまえのニワトリを食べたのはネズミだ」と一生懸命《いっしょうけんめい》に書いたようすのノートの切れはしを拾った。汚名《おめい》を晴らす機会《きかい》がくることを、オクタビアンは心の底《そこ》から願《ねが》った。あの手きびしい三人から、「人でなし」などというあだ名をつけられたままなのはいやだった。

ある日、オクタビアンはひらめいた。オクタビアンの二歳《さい》の娘《むすめ》、オリビアは、子守りのメイドが昼《ひる》ご飯《はん》を食べながら、息抜《いきぬ》きに小説《しょうせつ》を読んでいる正午から一時までのあいだ、父親と過《す》ごすのが日課《にっか》になっていた。ちょうどその時間、あの白い壁《かべ》に三人の顔がならんでいることが多い。

オクタビアンは、なにげないふりをして、三人によく見える場所にオリビアをつれていった。それまでがんこに敵対心《てきたいしん》をむきだしにしてきた三人が、オリビアに対して好奇心《こうきしん》を持ちはじめたようすを見て、オクタビアンはひそかにしめたと思った。精一杯《せいいっぱい》考えたのに失敗《しっぱい》に終わったチョコレート作戦《さくせん》にとってかわって、小さなオリビアは、眠《ねむ》そうな姿《すがた》で成功《せいこう》をおさめはじめていた。

オクタビアンが大きな黄色いダリアを持ってくると、オリビアはそれをしっかりにぎって、たいくつそうだけれどあたたかい目で見つめた。その目つきは、慈善目的《じぜんもくてき》の寄付金《きふきん》集めにバレエを踊《おど》る素人《しろうと》にむけられるようなものだ。

それから、オクタビアンは壁《かべ》の上の三人にむかって、照《て》れたようにふりかえり、さりげない口調で「きみたちは、お花は好《す》き?」とたずねた。三人はまじめくさってうなずいた。

「なんの花がいちばん好《す》きかな?」ことばに、思わず力がこもってしまう。

「あっちに生えてる、いろんな色のやつ」三本のぽっちゃりした腕《うで》が、遠くにひとかたまりになって生えているスイートピーをさした。いちばん遠くにある花をほしがるなんて、いかにも子どもっぽいなと思いながらも、オクタビアンは、よろこびいさんで小走りで花をつみにいった。目につくかぎりのさまざまな色の花を、けちけちせずに気前よくつんだので、たちまちりっぱな花束《はなたば》になった。

そこでオクタビアンがふりかえると、子どもたちの姿《すがた》はなく、白い壁《かべ》は、見たことがないほどひっそりとさびしげに見えた。そして、壁《かべ》の前にいたはずのオリビアも消えている。草原のはるか遠く、ブタ小屋のほうにむかって、三人の子どもたちが全速力で乳母車《うばぐるま》をおしているのが見えた。オリビアの乳母車《うばぐるま》で、オリビアがすわっているのも見える。オリビアは乳母車《うばぐるま》のなかではねたり、ゆられたりしているが、いやがって泣《な》いてはいない。

オクタビアンは、ちょっとのあいだ、急いで遠ざかる子どもたちとオリビアを見つめていたが、あわててあとを追いはじめた。走るにつれて、にぎっているスイートピーの花束《はなたば》から、花がちらばり落ちた。

懸命《けんめい》に走ったものの、子どもたちがブタ小屋につくほうが先だった。子どもたちは、オリビアをブタ小屋の屋根におし上げている。オリビアは不思議《ふしぎ》そうな顔をしているが、いやがってはいないようだ。ブタ小屋はずいぶん古くて、修理《しゅうり》が必要《ひつよう》なほどだ。特《とく》に屋根はいたんでいて、オリビアを追って自分が登ったりしたら、くずれ落ちてしまうだろう。三人の子どもたちは、優位《ゆうい》な立場に立ったことになる。

「その子をどうするつもりなんだい？」オクタビアンは息を切らせながらきいた。走ったせいで赤くはなっているが、落ち着きはらった子どもたちの顔には、はっきりと、残酷《ざんこく》な悪意が見て取れた。

「鎖《くさり》でつるして、火あぶりにするんだよ」男の子のうちのひとりがいった。英《えい》国史《こくし》の本を読んでいるのはまちがいない。

「ブタのなかに落としたら、食べつくされちゃって、手のひらしか残《のこ》らないかもな」もうひとりの男の子がいった。聖書《せいしょ》物語を読んでいるのもまちがいない。

そのことばに、オクタビアンはぞっとした。やろうと思えばすぐにできるし、赤《あか》ん坊《ぼう》がブタに食べられたという話も、きいたことがあるからだ。

「うちのチビさんを、そんな目にあわせるのはやめておくれよ」オクタビアンは祈《いの》るようにいった。

「おまえは、うちのチビネコを殺《ころ》したじゃないか」三人が、口々にいう。

「ああ、ほんとうに悪かったよ」オクタビアンはいった。心の底《そこ》からでたことばだ。

「あたいらも、オリビアを殺《ころ》したあとで、悪かったっていってあげる」女の子がいった。「だけど、殺《ころ》したあとだからね」

オクタビアンの心からの祈《いの》りも、子どもたちの理屈《りくつ》にはまったく通じない。なにかちがう方法《ほうほう》を考えようとしたものの、オクタビアンの注意がそれた。オリビアが屋根をずるずるとすべって、ブタのふんと腐《くさ》ったわらでできたやわらかいどろ沼《ぬま》に、はねを上げて落ちてしまったのだ。オクタビアンは大あわてでブタ小屋の壁《かべ》を乗《の》り越《こ》えて助けにむかったが、たちまち、どろ沼《ぬま》に足を取られて、身動きできなくなってしまった。

オリビアは最初《さいしょ》は空中をとんで落ちたことにおどろいていたが、やがて、やわらかいものに全身を包《つつ》まれて楽しんでいる風だった。しかし、どろ沼《ぬま》にゆっくり沈《しず》んでいくにつれて、なんだかいやな気分になってきたらしく、ふだんはご機嫌《きげん》な子がするように、おずおずと泣《な》き声《ごえ》をあげはじめた。必死《ひっし》でもがいても、オクタビアンは一インチも近づくことができない。

そのあいだにも、娘《むすめ》はゆっくりと沈《しず》んでいく。汚物《おぶつ》に汚《よご》れたその顔は、なにがどうなっているのかわからないという風に、ぐずぐず泣《な》きながらゆがんでいる。三人の子どもは、死をつかさどるギリシャ神話の女神、パルカエ姉妹のように、ブタ小屋の屋根から冷《つめ》たくそのようすを見つめていた。

「このままじゃ、まにあわない」オクタビアンがあえぎながらいった。「オリビアは窒息《ちっそく》してしまうよ。どうか、助けておくれ」

「うちのネコは、だれも助けてくれなかった」もっともな返事がくる。

「どんなに悪かったと思ってるかわかってもらえるなら、なんでもするよ」オクタビアンは叫《さけ》んだ。必死《ひっし》で足を動かしても、せいぜい二インチほどしか進まない。

「白いシーツをかぶって、墓《はか》の前に立つか？」

「立つよ」オクタビアンは叫《さけ》んだ。

「手にロウソクを持ってだぞ」

「それに、わたしは『人でなしです』っていうんだ」

オクタビアンはどちらも受けいれた。

「長い長い時間だぞ」

「三十分間やるよ」オクタビアンはいった。時間を口にして、ちらっと不安《ふあん》になった。カノッサの屈辱《くつじょく》で知られる話では、ドイツ王は、赦《ゆる》しを求《もと》めてクリスマスの時期にシャツ一枚で何日も外に立っていたのではなかったか。ありがたいことに、子どもたちはドイツの歴史《れきし》の本は読んでいないようだった。それに、この子たちにすれば、三十分というのは十分《じゅうぶん》な長さに感じられたようだ。

「わかったよ」屋根から三人の声がきこえた。それからすぐに、短いはしごが

オクタビアンのほうにおりてきた。オクタビアンは大急ぎでそのはしごを壁《かべ》に立てかけた。はしごの段《だん》をたよりにどろ沼《ぬま》のなかを一歩ずつ進み、ゆっくり沈《しず》みつつあった娘《むすめ》を、びんの口からコルク栓《せん》をひっこぬくようにひきずりだした。

数分後には、子守りのメイドが何度も何度もくりかえし、甲高《かんだか》い声で叫《さけ》ぶのをきかされていた。メイドは、こんなに不潔《ふけつ》な姿《すがた》は見たことがないといいつづけていた。

その日、夜がふけてくると、オクタビアンは約束通《やくそくどお》りオークの木の下に立ち、着ていた服を脱《ぬ》ぎはじめた。薄《うす》いシャツ一枚になると、片手《かたて》には火の灯《とも》ったロウソクを、片手《かたて》には時計《とけい》を持った。ロウソクの火が、しょっちゅう夜風に吹《ふ》き

消《け》されるので、マッチ箱は足元に置《お》いたままだ。すこしはなれた灰色の家のようすはうかがい知れないが、一生懸命《いっしょうけんめい》、罪《つみ》ほろぼしのことばをくりかえすオクタビアンには、三対のきびしい目が自分を見つめているのが感じられた。

翌朝《よくあさ》、一枚のノートの切れはしが白い壁《かべ》のそばに落ちているのを見つけて、オクタビアンはほっとした。そこにはこう書かれていた。「おまえは人でなしじゃない」

訳者あとがき

サキ（一八七〇年～一九一六年）は、スコットランド系《けい》のイギリス人で、本名はヘクター・ヒュー・マンローといいます。サキというペンネームのいわれにはいくつかの説《せつ》があるようですが、そのひとつに、本書中『グロビー・リントンの変身《へんしん》』に出てくる南アメリカ産《さん》のサルの種名だというものがあります。気まぐれで残酷《ざんこく》なサルの名を借《か》りたのだとしたら、なかなか意味深いことです。

父がビルマ（現ミャンマー）の警察《けいさつ》に勤務《きんむ》していたため、ビルマで生まれました。ところが、サキが二歳《さい》になる前に母親が亡くなったため、兄、姉とともにイギリスに送り返され、ふたりの伯母《おば》に育てられることになります。二十三歳《さい》で父同様ビルマ警察《けいさつ》に勤務しますが、体をこわし一年ほどで帰国、ジャーナリストに転身《てんしん》し、世界中を飛び回っています。その後、小説を書きはじめますが、第一次世界大戦がはじまると従軍《じゅうぐん》し、四十六歳《さい》の若さで戦死《せんし》しました。短いながらも波乱《はらん》に満《み》ちた人生で、作品にもそれらの経験《けいけん》が色濃《いろこ》くでているといえるでしょう。

とりわけ、作中にくりかえし登場する「伯母《おば》さん」が、ことごとく嫌悪感《けんおかん》をぶつける対象になっているところをみると、両親の愛を知らず、ふたりの伯母《おば》さんに育てられた少年時代が、どれほどつらいものだったのだろうと、ついつい想像してしまいます。

本書では百三十数編《すうへん》ある短編《たんぺん》のなかから、子どもや動物がメインキャストを務《つと》める作品を中心に選《えら》んでみました。もっともサキらしさが出ているように思うからです。特に子どもの心理描写《しんりびょうしゃ》にはぞくっとするほどの真実があるような……。シニカルでブラックな味わいの作品ばかりで、ストーリー展開《てんかい》の切れ味もばつぐんなのですが、けっして技巧《ぎこう》を凝《こ》らした小手先のものではありません。サキの率直《そっちょく》な心情《しんじょう》が反映《はんえい》されていて、読む者の心に訴《うった》えかけてくると思うのですが、みなさんはどう感じられたでしょう。

同時代に活躍《かつやく》したもうひとりの短編《たんぺん》の名手《めいしゅ》、オー・ヘンリー（一八六二年～一九一〇年）とならび称《しょう》されることが多いサキですが、日本での知名度《ちめいど》には大きな差があるように思います。本書がサキ作品見直しのきっかけになれば、これほどうれしいことはありません。

本書の翻訳《ほんやく》にあたっては、作品選定の段階から編集の大石好文《おおいしよしふみ》さん、小宮山《こみやま》民人《たみひと》さんにお世話になりました。心からの感謝を。

二〇一五年三月

千葉茂樹

訳者

千葉茂樹（ちば・しげき）

1959年、北海道生まれ。国際基督教大学卒業。出版社勤務を経て、翻訳家になる。訳書に「オー・ヘンリー　ショートストーリーセレクション」（全8巻）、『スターガール』、『HOOT』、『マルセロ・イン・ザ・リアルワールド』、『ブロード街の12日間』などがある。

世界名作ショートストーリー②

サキ　森の少年

2015年5月初版
2015年5月第1刷発行

作者　サキ
訳者　千葉茂樹
画家　佐竹美保
発行者　齋藤廣達
発行所　株式会社 理論社
〒103-0001　東京都中央区日本橋小伝馬町9-10
電話　営業 03-6264-8890
編集 03-6264-8891
URL http://www.rironsha.com

デザイン……モリサキデザイン
組版…………アジュール
印刷・製本…中央精版印刷
編集…………大石好文　小宮山民人

ISBN978-4-652-20100-8　NDC933　B6判　19cm　198P